Elogios para

A la sombra del mango

Apasionada de la palabra, Patricia Schaefer Röder nos asombra nuevamente con *A la sombra del mango*, una extraordinaria colección de relatos y microrrelatos que, además de narrativa clásica, incluye textos construidos en formato de tautogramas, tautosiglamas (forma de su creación) y monovocalismos. En los relatos sobresalen temas universales como el amor en sus diversas manifestaciones y su antítesis: el maltrato, abuso y discrimen; la naturaleza y la preocupación por el porvenir. Hay en los relatos un hilo conductor que nos lleva a reflexionar sobre la clase de vida que llevamos y cómo nuestras actuaciones en lo personal, social y político afectan la naturaleza y, en consecuencia, nuestro futuro y el de las próximas generaciones. La propuesta de Patricia Schaefer Röder surge como una provocación para la reflexión que se hace más necesaria que nunca. Y en estos días en que arde el Amazonas, también arde el reclamo de reivindicaciones para la Madre Tierra, nuestra Pachamama.

—*Sandra Santana, Escritora puertorriqueña*

Cuando me embarqué a leer *A la sombra del mango* pensé que por ser una colección de obras cortas no tenía porqué separar mucho tiempo para leérmelo de principio a fin, ya que lo iba a poder interrumpir entre una obra y otra. Pues qué equivocada estaba; la colección es adictiva y no encontraba cómo soltarla una vez comencé. "Isla Encantada" nos invita a enamorarnos del lugar que habita y describe la autora con una mezcla de pasión, amor y ternura. Por otro lado, "Heroína sin héroe" es la antítesis de lo bonito que habita en la isla y una visita obligada a mirar sin adornos la realidad de muchos y que se ignora a diario. "La Dulce Ley" es una lección de las que no tienen precio... En fin, esta colección se puede leer de zopetón o lentamente; un cuento a la vez e ir saboreando, oliendo, sintiendo, mirando y escuchando todo lo que Patricia nos comparte a través de las hojas de *A la sombra del mango*. Es una de las colecciones más vivas que el lector pueda encontrar. Este libro respira, mira, camina y ama...

—*Bella Martínez, Escritora puertorriqueña*

Elogios para

Yara y otras historias

La autora viaja por la conciencia, estableciendo un análisis profundo sobre los laberintos de los seres humanos [...] Schaefer Röder estudia de sus personajes los callejones que los atrapan, desarrollando la tensión con minuciosidad para el logro de un conflicto que nos mantiene agarrados del sillón.
—*Dr. Amílcar Cintrón Aguilú*

En estos relatos está Patricia; dulce, fuerte, aguda, ingenua, intelectual, espontánea, amorosa, tan vinculada a sus raíces, tan ciudadana del mundo, tan conectada con la Tierra y el Universo, y tan latinoamericana.
—*Eucaris Piñero, Periodista venezolana*

Patricia posee el magnífico don de jugar con las palabras, hacerlas flotar a través del tiempo, darles colores, visiones, tamaño. Su creatividad e imaginación van más allá de lo que el lector pueda esperar, provocando una nueva experiencia de lectura.
—*Rumi Nishimura Nishimura, Escritora*

PATRICIA SCHAEFER RÖDER

Patricia Schaefer Röder es escritora, traductora literaria y editora. Nació en Venezuela, vivió en Alemania y EE.UU., y desde 2004 en Puerto Rico. Entre sus traducciones literarias al español están las novelas *El mundo oculto* (*The World Unseen*) de Shamim Sarif, *Por la ruta escarlata* (*The Reddening Path*) y *Mi dulce curiosidad* (*My Sweet Curiosity*), ambas de Amanda Hale, esta última novela fue merecedora del Primer Premio en traducción de novela de ficción en los International Latino Book Awards 2019 (ILBA) en Los Ángeles, EE.UU. También ha traducido literatura infantil, poesía y canciones. Sus escritos han obtenido premios nacionales e internacionales, como el Primer Premio en narrativa del XX Concurso Literario del Instituto de Cultura Peruana en Miami, EE.UU., por su cuento "Ignacio". Sus cuentos y poemas han aparecido en muchas compilaciones, como *Crónicas del huracán María: voces para la historia* y *Divina: la mujer en veinte voces*, que recibió Segundo Premio en ficción por varios autores en los ILBA 2019. En narrativa breve ha publicado *Yara y otras historias* y *A la sombra del mango*, dos colecciones de cuentos en los que estudia la naturaleza humana. En *Siglema 575: poesía minimalista*, Patricia propone una novedosa forma poética que ha tenido gran aceptación internacional. Desde 2015 organiza el Certamen Internacional de Siglema 575 "Di lo que quieres decir", del cual se publica anualmente una antología que incluye los mejores poemas del concurso y que recibió Segundo Premio en poemario por varios autores en los ILBA 2019. Patricia Schaefer Röder es miembro de la International Society of Latino Authors.

A la sombra del mango

Relatos

Patricia Schaefer Röder

Colección Tinglar

Ediciones Scriba NYC

A la sombra del mango – Relatos
© 2019 Patricia Schaefer Röder
Ediciones Scriba NYC
Colección Tinglar – Cuentos
Narrativa breve

Ilustración de portada: Ursula Muñoz Schaefer
Diseño de portada: Jorge Muñoz
Diagramación: Scriba NYC

ISBN: 978-1-7326767-5-6

Impresión: Kindle Direct Publishing

Scriba NYC
Soluciones Lingüísticas Integradas
26 Carr. 833, Suite 816
Guaynabo, Puerto Rico 00971
+1 787 2873728
www.scribanyc.com

Octubre 2019

Para Uli y Jorgi
fuentes inagotables de orgullo, inspiración
y eterna alegría.

CONTENIDO

PRÓLOGO

A la sombra del mango está concertado por una serie de 45 relatos cortos, aéreos y dinámicos, que recuperan en su brevedad, tal como lo indica su título, lo placentero, la fruta, el instante gozoso como "granizo dorado". Pero de igual modo la sombra, todo aquello que refresca, que se esconde y se revela. Los otros *yo* que se caen y se alzan autoredimidos, o bien, sucumben rotundos.

Para configurar esta obra, Patricia Schaefer Röder hace un trato exquisito con las palabras. No es de extrañar, pues su labor como escritora, traductora, editora y tallerista que transporta de país en país, de idioma a idioma poemas, novelas y cuentos, la ha acercado al juego de recrear la literatura y hacer un cuidadoso trasiego de las palabras.

Así pues, en varios de los relatos encontramos complejas composiciones lúdicas como tautogramas, monovocalismos y, de su propia creación, tautosiglamas. Estos últimos consisten en hacer que el escrito se forme con palabras que comiencen con las mismas letras del título y en el mismo orden. Sin embargo, el asombro se acentúa más cuando estas narraciones se arrebujan bajo palabras de entrañable sensualidad, como en "Amor", "MÁS" y "SAL". Pero lo complicado de su composición también es una manifestación de lo intenso del acto amoroso en confrontación con las interdicciones morales y sociales que experimentan las parejas no convencionales.

Por otra parte, hay historias en las que —tras la aparente dulce sencillez de su anécdota— se traza el camino de los protagonistas a enfrentar con gozo, miedo o sorpresa una nueva vida, como en "El evento", "Anochecer", "El espantapájaros", "Atardecer", "La fiesta" o "Imprevisto". Es en el pasar por lo cotidiano donde refulge la revelación. Hay otros relatos donde los personajes no tienen sorpresas, pero sus historias se construyen con vocablos portentosos a causa de su violencia, como en "IRA": "Impertinente, raía animales inertes, retorcidos, apestosos."; o de embriagadora bisutería y alcohol como en "Baratijas" y "BAR".

Ahora bien, los cuentos más extensos de esta obra implican profundas reflexiones, a veces a manera de antifábula, por ejemplo en "Hacienda Real"; o de cómo recibir y asumir el amor en "La Dulce Ley"; o bien de qué manera se percibe la noción de un país democrático, con equidad y criticidad en "Constitución, Democracia y Libertad" o en "Intercambio".

Otro perspectiva hilvanada en este libro es la convicción de sororidad y de la reconfiguración de las mujeres por ellas mismas; para ello tenemos por ejemplo "Barahúnda" y "El regalo".

Asimismo, en secuencia con esa fuerza femenina, esta obra también enmarca la naturaleza, en particular con la descripción de Puerto Rico, la casa que acoge con calor, comida, con canto de coquíes, pero que también brega irreductible ante los huracanes.

Finalmente, si bien este preludio ha sido pequeño, lo es para estar en sintonía con los relatos; además, porque su intención es que ustedes se internen sin demora en el universo escritural de la autora y así entonces, relato a relato se arrebaten en la lectura y hagan de ellos dulce fruto y fresca sombra.

Alba Corina Valadez Solis
Mtr. en Literatura Mexicana

TAUTOSIGLAMA

Un *tautosiglama* es un tautograma compuesto en el que las palabras que lo constituyen comienzan con las letras del título escrito en forma de siglas, en el mismo orden que llevan. El título del tautosiglama representa el tema que se desarrolla en el texto. Por su naturaleza acrónima, el título queda escrito en mayúsculas.

© Patricia Schaefer Röder, 8 de mayo de 2011

A la sombra del mango

A la sombra del mango

Inés comía mango a la sombra del árbol. Antes se había subido con su amiguita por aquel tallo grueso, rama por rama, ayudándose mutuamente. Paradas sobre las ramas fuertes, se estiraron buscando los mangos color atardecer que colgaban de las más delgadas, sacudiéndolas para tumbarlos al suelo. Aquellas frutas caían como granizo dorado sobre la tierra fresca del campo. Cuando ya no hubo más mangos amarillos que tumbar, las dos niñas bajaron del árbol y los recogieron en bolsas para llevarlos a sus casas. La amiguita tenía prisa y así, Inés se quedó sola, disfrutando el sabor glorioso, dulce y perfumado de los crepúsculos sustanciosos que habían caído del árbol para saciar su hambre con alegría y alimentar los recuerdos de la niñez, mientras soñaba con su futuro.

El evento

Lo había planeado todo con el mayor de los cuidados. Tuvo la idea un miércoles por la noche, cuando todos dormían cansados por la rutina a la media semana. Antes había visto el anuncio en Internet, pero en aquel entonces no se atrevía a soñar algo tan audaz. Sin embargo, en ese momento la envolvió un halo dulce y luminoso que ella identificó como el alma de la libertad, olvidada hacía demasiado tiempo. Esa caricia tibia, placentera, le hizo abrir los ojos como nunca antes. En medio de la oscuridad de su estrecha vida, de pronto lo veía todo; podía discernir entre las cosas verdaderas y las apariencias, y el espíritu preso se percató de que aquel cerrojo tenía llave... y la llave la esperaba encima de la repisa, junto a todas las demás. Embelesada, disfrutó aquella sensación emancipadora en lo que quedaba de noche, y a la mañana siguiente se sintió más viva que nunca. Con una sonrisa amplia y brillante se vistió y se arregló, soñando con el evento. Sabía que sería grandioso, que si asistía, sería una experiencia inolvidable. El ánimo la tenía flotando muy por encima de los cúmulos y nimbos, más allá aun de los cirros. Sintiendo sobre su piel ese sueño divino, la mente se le despejó y comenzó a analizar la situación. Serían solo tres noches. Tres noches y cuatro días en los que le pediría a la niñera que durmiera en casa para acompañar a los chicos. Les dejaría varias comidas preparadas para facilitarles su ausencia. Un taxi la llevaría al aeropuerto. Ella se quedaría con una amiga; aún le quedaban varias buenas amistades de la época en que vivió en aquella ciudad, más de diez años atrás. Entre varias líneas aéreas buscó la mejor tarifa en pasajes a Nueva York, hasta que encontró los que se ajustaban a su horario y su bolsillo. Así, se fue acercando poco a poco a la meta. Resolvió todas las diligencias que tenía en lista desde hacía tiempo, escogió la ropa perfecta para el viaje, alistó todo en casa y dejó a los niños preparados. Llegado el momento de abordar el avión suspiró pensando en sus hijos, pero al mismo tiempo estaba tranquila de saber que ellos estarían bien y que se alegraban de que su madre al fin se decidiera a hacer algo solo para ella. Aprovechó el vuelo para descansar su emoción de niña con juguete nuevo, y al llegar a la Gran Manzana estaba llena de energía, como cuando era adolescente. Aprovechó el tiempo al máximo; solo hacía lo que quería, disfrutando de su propia compañía. Recordó viejos tiempos y se aventuró a pensar en el futuro. Las ideas burbujeaban en su cabeza como la última sopa que había preparado tan solo unos días atrás en casa. En medio del peor frío invernal, caminó por las amplias aceras de aquella ciudad que, a pesar del tiempo y la distancia, seguía siendo suya. Una por una fue encontrándose con sus amigas, reviviendo anécdotas, poniéndose al día con sus vidas, escuchando atenta y contando episodios de la suya. Probó algunos restaurantes nuevos y repitió en otros conocidos mientras se acercaba el instante que tanto había esperado. Una ansiedad primordial la embargaba; no recordaba haberse sentido así en demasiados años. Se dirigió al lugar con bastante antelación, hizo la fila junto a muchos más que tenían la misma meta esa noche. Después de pasar un rato observando en detalle todo cuanto la rodeaba, los porteros indicaron que la espera había llegado a su fin y la dejaron entrar al recinto en medio de la vaguada humana en la que casi se ahogaba. Llegó hasta su asiento, se quitó el abrigo, acomodó sus cosas de la mejor manera y se entregó a la butaca que la recibía amable. Miró todo; no quería perderse de nada. Deseaba que cada segundo, aquellas formas y colores quedaran impresos en sus retinas. Sentada allí, se dio cuenta de que los años no la habían cambiado, que su naturaleza era más fuerte que las circunstancias y que su esencia seguía intacta. Esos momentos la hicieron descubrirse de nuevo como la mujer apasionada que siempre le había caído tan bien; aquella a la que le brillaban los ojos tan solo por la emoción de vivir cada día. En medio de tantas sensaciones juntas, el corazón se estremeció con suavidad mientras el alma sonreía, satisfecha. De pronto, la luz cambió. Unos acordes triunfales inundaron la sala cubriendo todas las superficies, entrando por ranuras, pliegues y poros, haciendo temblar todos los músculos de su cuerpo. Entonces, el evento comenzó.

Amor

Amaneciendo, Ana abrazaba a Andrea. Afroditas asidas al auténtico antojo, ánimas ávidas atrapaban arterias apretadas alrededor, anilladas, anudadas, alucinando arenas ardientes, antorchas apocalípticas avolcanadas, apezonadas. Aunque avanzaban ansiosas, aquellas amantes anunciaban al ambiente aludes amorosos, arrinconando al atributo arrobado.

Ante alcoba apacible, Ana avizoraba ágapes amorosos agigantados albergando alforjas amplias aprovisionadas, albedríos alborozados. Andrea, Artemisa argéntea, añoraba amamantar apetecibles astros animados, arropando amoldada anatomías ausentes.

Atraídas al área ardiente, ambas anfitrionas arrancáronse atrevidas atributos arcaicos, apoderando anteriores apariencias apostadas, ahora apuradas ante argumentos antepasados. Abriéndose al albor ambarino, Ana, Amazona aceitunada, aró ávida ánforas atadas a albicelestes ancas ardientes, algodonadas. Alabándola, Andrea alardeaba artes al agitarse; apuraba a Ana a amarse alborotadas al abreviado atardecer anónimo, alcanzando alturas astronómicas. Ana, aspirando acelerada, adentraba alma: aire, agua, aromas azules, al ámbito agreste, alegre, azaroso, atrapando ambigüedades apasionadas.

Alimentando alientos áureos, Andrea, acertada, amasó abundantes aceites aderezados almacenados, acariciando a Ana acentuadamente. Ana, almohada acoplada, acomodó alas amarillas angulosas, articuladas; aves azucaradas acicalando a Andrea. Arqueándose azoradas, ambas amantes ávidas arrancaron azucenas albas, amapolas, al anochecer aplomado, armónico, antojándoseles antiguos ángeles anclados a alcobas aledañas.

Alunadas, alumbradas, amantadas, afroditas artistas aproximaron armonías arrebatadoras ante ampliado altar amatorio, acariciándose adelante, arriba, afuera, atrás, abajo, adentro; ascendiendo al apogeo, arañando arrogancias anónimas aprensivas, amnésicas. "¡Amor! ¡Amor!", aseveraban airosas Amazona, Artemisa; águilas ágiles aleando alejadas, aisladas, ambas atiborradas agradecidas, aclamando al amor auténtico, afortunado, aflorado, agradable, aseado. Anocheciendo, andaban ajenas al albur áureo alcanzado; alhaja ahora ahogada ante alaridos amativos antojados, ansiosos, aplaudidos.

Años anteriores, Andrea amaba a Ana apoyando apreciables aprendizajes apresurados, aprobando alguna acción ardiente, apretada, alborotada, abierta, ágil ante audiencias atorrantes, arrogantes, axiomáticas, amargadas, alacranadas. Apenas antes, Ana, Andrea, amantes atónitas, actuaban armadas ante ataques anónimos, asociados, agrios, agudos, atribuidos al astuto atropello atrevido, acumulado, aumentado; animadas avanzando audaces al abrir aletas auspiciosas. Ahora, al aventurar avatares, aún atraviesan ávidas algunas áreas alejadas avejentadas, avinagradas, afortunadamente aisladas. Asombradas al ampliar ambos asuntos, amadas amantes advirtieron amenazas, ataduras arcaicas, agónicas, asemejando aspectos asonantes, ásperos. Apremiadas, apartaron automáticas aquellas aventuras, aprovechando aspectos amnésicos anteriores arrimados al argumento anárquico alterno.

Aclarando, acogiéronse a acometer, acompañadas, adheridas, acrobacias acuarianas adoradoras, afectuosas. Aquí, allá, alzábanse alteradas, avizorando arcángeles, árboles, almendras, avellanas, arcos; andamios articulados ascendentes al amplificado aprecio apostado. Amaneciendo auroras actuales, Ana, Andrea, aliviadas, ajustadas, almibaradas, acariciándose aterciopeladas, aprovechan asegurar anatomías ancestrales: anteceder abrazos al acto amatorio augurado; antepasados apropiados amistosos, auténticos, afirmándose así, acertadas, al avivado amor apasionado: al amor abierto, amén.

El bardo

Era un hombre sencillo como sus versos, que viajaba de pueblo en pueblo. De manera llana, cantaba acerca de los árboles santos del bosque, del viento embrujado en la montaña, del murmullo con que el agua del río enamoraba a las algas. Con palabras directas y un tanto de picardía, relataba cómo los hombres cazaban al jabalí y las mujeres lo guisaban con verduras del huerto. Describía la construcción de las casas de madera y heno, la forma de atender a las gallinas, los juegos de los niños y las fiestas de la aldea. La gente lo escuchaba atenta; entendía sus rimas y se identificaba con aquellas coplas del diario vivir.

Un día, el bardo llegó a una ciudad. Sin ninguna pretensión, hizo lo que sabía hacer como siempre lo había hecho. La gente cándida se acercó a la plaza para oír sus poemas de lo bello y lo verdadero, comprobando cada cual su realidad en el eco de esas frases. Recitaba y musitaba; el bardo no se cansaba de declamar. Al poco tiempo, la noticia llegó hasta quienes se sentían eminencias en el arte de versificar. Interesados, lo fueron a ver al final de una tarde cálida de verano. Él se sintió honrado con tal visita, y gentil como su naturaleza, se mostró como era: transparente y con el alma llena de flores. "Tus versos son muy simples", dijeron; a lo cual asintió complacido. "Tu poesía es muy prosaica", afirmaron. El bardo no entendió ese término. Sonrió, les dio las gracias por el cumplido y salió de nuevo a contarle a la gente las cosas de sus vidas con palabras sencillas. Y a la gente le gustaba.

BAR

Bebiendo, Alba recordaba buenas anécdotas, risueña. Beto abría ruidoso botellas ámbar repletas, borbotantes, ansiadas. Reunían bravos algunas rosas bonitas. Aquellas rápidas bondades alimentaban rústicos brazos, alianzas retóricas. Brandy, aguardiente, rones baratos, Amaretto, Raki, bourbon, Aquavit, Rigas, Boukha, Asbach, Ratafia, bitter, aguas, rosso... básicas ánimas refinadas. Bocadillos arábicos, romanos, brasileños, argentinos, rusos: boquerones, aceitunas, rosbif, bruschetta, aguacates repletos, bollitos, arepitas rellenas, botana, antipasto, ricotta, brochetas, alitas, rollitos, bandejas, aperitivos rústicos. "Bendita Alba", Roberto balbuceaba. Airoso, rumiando bebidas alcohólicas, Roberto brindaba al resto, borracho. "¡Alba, reina bella, abrázame, regocíjame, bésame, amante rotunda!", Beto acariciaba romántico brillantes azabaches rizos. Bardo advenedizo, robaba brutal alguna rima bendecida al romancero bretón. Alba, riendo, bebía agua rancia brotada al riachuelo bravío anterior. Rocheleando burda, Alba roció birra alemana, regándola brava al recóndito butacón. Alegre, Roberto bordeó al recinto, buscando almas rendidas, botadas, ancladas, repatriadas. Bravucones animados retiraron banquetas al rojo bar, apiñándolas rajadas, blancas, atarantadas, rotas. Bravía Alba, requirió bárbara a Roberto bregara activo remedio. "¡Bueno, alto! ¡Reivindícanos, Beto!", Alba registró, balando. "Alguien rebuzna brea, ¡azótalo!", requería berreante a Roberto. Buenazo; al rencor Beto aturdía, remitiéndolo bañado al retrete. Bote a remo, borrachos aventureros rindiéronse blandos a Roberto Buendía, amigable roca bonachona amable, rechoncha. Bromeando, al rato bebía Alba ron barato, alucinando riñas breves, alarmantes, risueña...

Silencio

Silencio. Los días eran iguales para Jay: despertador, ropa, cereal, escuela. Allí Nikki, como siempre, esperaba en la escalera. Silencio. Era la única razón para no faltar. Almas puras, se tenían el cariño más grande compartido en saludos largos y miradas furtivas. Silencio. Nadie entendía; los torturaban incesantemente haciéndoles comer hojas verdes de los arbustos. Silencio. Entonces, el último día en pleno patio, recibieron infinitos puños volviéndoles papilla, quedando solo dos masas palpitantes. Silencio. De pronto, dos espadas se abrieron paso desde dentro de las masas, desplegándose en alas preciosas que, orgullosas, alzaron parpadeantes su majestuoso vuelo por el cielo azul de la tarde, burlando al fin el silencio.

El dueño

Hace mucho tiempo vivía un niño en un poblado lejano. Como tantos otros, pasaba todo el día afuera, al sol. Pero este chico poseía algo maravilloso; era el dueño de la pelota. No tenía amigos, pero la tenía a ella y eso le bastaba. Los demás niños jugaban a la guerra y a colgarse de los árboles, pero a él no le gustaban las confrontaciones y tampoco era muy ágil para treparse por palos y saltar. Era feliz con la bola; aprendió a manejarla con las manos, pies, piernas, pecho e incluso con la cabeza. La correteaba por el parque, pateándola con todas sus fuerzas contra el muro del fondo, como si quisiera perforarlo. Durante mucho tiempo jugó con la pelota sin necesitar nada ni de nadie más, siempre solo.

Poco a poco, con el pasar de los años, comenzó a interesarse por los demás niños que siempre jugaban juntos. Quiso acercarse a ellos, pero por su infundada fama de asocial y arrogante, nadie le prestaba atención. Se sentía incomprendido y triste; no entendía por qué lo rechazaban sin siquiera conocerlo. Sin embargo, y a pesar de su timidez, intentaba en vano hacer amigos. Se lo había propuesto y deseaba lograrlo; al fin quería ser como los demás chicos.

Un día, se le ocurrió invitarlos a todos a jugar con la pelota. Estaba dispuesto a compartir su más preciada posesión con ellos, esperando en secreto que lo aceptaran. Con mucha alegría, los niños accedieron a jugar y comenzaron a lanzarse la bola entre ellos. Él les explicó las reglas que había inventado para jugar en dos grupos y ellos asintieron. Cuando decidieron quién estaría en cada conjunto, el único que quedó fuera fue él. Para no llevarles la contraria y evitar que se molestaran, decidió que participaría por su cuenta, como un tercer equipo. Todos estuvieron de acuerdo y comenzaron a jugar.

Las instrucciones eran muy fáciles: no podían usar las manos, tenían que patear la pelota por el patio y dispararla contra el muro del fondo; ganando aquel grupo que lo lograra más veces. Así, se pasaban la pelota, intentando al mismo tiempo bloquear a los del otro equipo. Contentos, marcaban sus puntos, saltando de emoción y abrazándose cada vez que concretaban un tanto. Él, experto veterano en su propio juego, quería mostrarles lo bien que dominaba el balón, pero siendo del tercer grupo y sin tener compañeros, nadie le pasaba la bola. Con su vistosa camiseta, corría y corría detrás de los demás, llamándolos, haciéndoles señas, recordándoles las reglas y pidiendo que lo dejaran jugar, pero ellos lo relegaban, pateándose la pelota entre sí, trabando al contrincante y buscando el muro para anotar un tanto más. Se le ocurrió usar el silbato que siempre traía en el bolsillo. "Tal vez con él pueda llamar la atención y me pasen el balón", pensó. Pero no fue así. Sucedió que los chicos se aburrieron de él, de su silbato, sus reglas, sus señas, su elegancia, sus regaños y su insistencia en que le pasaran la bola para demostrarles lo bueno que era, siempre recordándoles que él era el dueño de la pelota. Lo ignoraron cada vez más, pero a pesar de eso no pudieron hacer mella en su perseverancia. Desde entonces, siempre intentando participar, corretea a los demás niños por el parque, pitando y buscando el balón inútilmente.

PAN

—Panadero Antonio, ¿no pediste alguna nuez para adornar nuestro pan?

—¡Ay no, pues! ¡Armindo, nunca puedes amañar nimiedades primarias! ¡Ahora no pidas alcachofas naturales para añadir naranjas primorosas! Antonio nunca prueba algo nuevo precozmente. Armindo no para, audaz, narrando presumido argucias necias, principales ante negociadores provocadores, admirados, negligentes. Paradigma alimenticio: nadie puede abrir negocios por añoranzas neuróticas, pero algunos neófitos proceden a navegar partiendo audaces necesidades, pormenores. Alzados, nunca pretenden atraparse negativos, puestos alternos, nerviosos. Pasteleros ambos, ni pudiendo alejarse nobles, procederían a nuevas pretensiones.

—Antonio, ¿nunca pusiste ajo nutritivo para ambientar nupcias?

—¿Perdón? ¡Ay no, pues! ¡Armindo, nota por allí nubes precocidas al nivel postrero!

—Ahora nada pasa, Armindo, nada... Pásame acrisoladas natillas, panecillos, aromáticos néctares, panes armados nucleares...

Pobres amigos nudosos, productores artesanales, nativos; panaderos aristocráticos, novatos.

Isla Encantada

Despierto, y cada día arribo de nuevo. Mañana tras mañana siento que llego a un lugar desconocido y maravilloso. Me levanto atenta a mil oportunidades nuevas que se abren a quien tenga el deseo de aprovecharlas. El olor a tierra húmeda me envuelve, despertando mis sentidos y mis instintos. Desde temprano me dejo abrigar por el sol del Caribe, que lo embellece todo con el brillo más refulgente. Las trinitarias y los guacamayos se visten con alegres colores tropicales, rodeados de miles de verdes incandescentes, destacando bajo el regio azul del cielo. Si alguna tormenta malhumorada quiere ensombrecerlo, los arcoíris alegran el cielo boricua como enormes y elegantes abanicos, imponiendo sus tonos amables entre las nubes. Cada mañana, como la primera vez, descubro a los lagartijos y coquíes que no me abandonan a lo largo del día, recordándome la inmensa suerte que tengo de poder compartir con ellos la Tierra del Noble y Valiente Señor. Salgo y siento la presencia contundente del espíritu taíno en todos los resquicios naturales, llenando la fuente que tanto buscó Ponce de León, aquella de termas medicinales que continúa haciendo bien a quienes la siguen utilizando. La esencia taína invade los ríos y playas donde me vuelvo a encontrar en secreto con mi alma; se esparce por seres y montañas gentiles y frescas con sus selvas color esperanza, por las palmas y los árboles estoicos que regalan su sombra a todos los que la necesitan, y por las sencillas y pulcras palomitas de monte, que destacan entre las demás alzando el vuelo con su sonido turbinado en miniatura. En suspiros profundos y limpios, la brisa fresca llena mis pulmones hasta casi reventar; el corazón galopa dentro del pecho, emocionado por la certeza de haber encontrado un precioso refugio para, al fin poder echar raíces. Me siento muy bien recibida en este paraíso caribeño, donde el orgullo por lo propio cristaliza en ciudades de encanto moderno y tradicional, con miles de opciones para quien desee esforzarse y salir adelante con alguna idea innovadora. Pueblos con gente bella, sencilla y educada, que amables me abren sus puertas a la par de una gran sonrisa. Simplemente, gente hermosa que encuentro en todas partes que voy. Rodeando este trozo de suelo caribeño está el mar inmenso y profundo; el amante eterno que, sin cesar, besa la costa que lo recibe dulce. En medio de ese encuentro extático e ininterrumpido, el mar exhala su aliento de salitre; es su alma indomable la que conquista a todos los seres que habitan esta armoniosa tierra, inyectando de ritmo su sangre mestiza de bomba y plena, de salsa y merengue, de güiro y bongó. Cuna paralela de tantas frutas conocidas de mi terruño; con ellas se han creado divinos sabores isleños, mezcla de sazones boricuas con gustos de lejanas latitudes. Nada como disfrutar un mofongo relleno de camarones o las empanadillas de La Parguera; en Loíza un bacalaíto y un pionono con maví en la playa, o dejarme condecorar con una Medalla, aun fuera de la época de competencias. En Navidad me doy un gustazo de lechón con pasteles, o también todo el año en la Ruta del Lechón, o tal vez un churrasco o un chillo frito con arroz blanco y habichuelas. Entre el tembleque navideño y el café diario, descubro mi tranquilidad en este paraíso terrenal con aroma a hogar. Después de un atardecer de fuego, llega la hora del descanso junto a mi fiel amiga Luna, que me ha acompañado siempre adonde el destino me ha llevado. La saludo por la ventana y sonrío; ella sabe que día a día vuelvo a sucumbir al hechizo de esta Isla Encantada. Entonces, duermo feliz, sueño bonito y sé que nunca voy a querer partir...

En el Edén

En el regente Edén, Pepe Méndez es el tercer ente en envejecer. Tere Verne emerge del éter desde el frente. Se estremece, teme, perece; debe beber té verde del tete del nene. Célebre, Ernest Scherer entremete gente pelele de menesteres rebeldes, plebe del deber. "¡Esmérense, refléjense!", espeté. Entre meses de pestes, enfermé. Efervescente, esperé encender en el frente del Mercedes el presente set de lentes en repele. Recé: "Detendré trece peces entre redes rentes". Lester Chéster, chef demente, embellece tres reses ternés del ser clemente: cede, prende, ennegrece el becerre desde el enceste precedente. Eve Pérez teme René se trepe en el perder del encender. En prever, Bert Meneses debe entender: el bebé crece entre gente decente. Me enredé en el desmerecer, reprender: "¡Entérense! ¡Se creen entretener el lepe, merecen detenerle! ¡Regenérenle, enfréntenle, rétenle en mente zen!". De verte detener, de repente deletreé, versé, decreté en el ser: "Enterré leyes de perecer, regeneré. Estrené, elevé entes enfrente del encender; desde emerger, desde enternecer, desde reprender, desde preceder, desde leer". Celebré el deber de enlentecer, de ceder. Te veneré, ente celeste; ente bebé. "Preces elevé, Pepe. Serené mente, entrené". "Me esmeré en pertenecer, embellecer, entretener, reverdecer, envejecer, Tere". Este semestre rebelé, estrellé, relevé. En sed de entender, cené el tercer pez del enrede en el emergente, regente Edén.

Selección natural

Nacieron a la orilla de un pozo turbio del pantano, junto a tantos otros de la misma camada. El lugar era ideal; la gente del campo no pasaba por allí porque tenía mucho miedo. Entre el verde profundo de la maleza, madre y padre velaron el nido alto de palitos y hojas para garantizar que la mayoría de los huevos nacieran. Después, transportaban a las crías sobre la cabeza o en la boca, protegiéndolas de cuanto peligro posible hubiera, dejándolas crecer suficientemente robustas para sobrevivir solas. Pasaba el tiempo y los pequeños hocicos se hacían más alargados, llenándose de dientes grandes y afilados. Cada día se volvían más astutos, más feroces, más sanguinarios. Un día de invierno, en un recodo del oscuro caño, los jóvenes les tendieron una trampa mortal a los viejos. El plan salió perfecto; no durarían mucho. Y mientras la vida se encargaba de llevárselos, los traidores aprovecharon para alimentarse de sus despojos. Engulleron vísceras, ojos y músculos con el apetito más voraz. Luego se acostaron, panza arriba, en la playa que hicieron suya. Al fin se sabían los dueños de toda la cañada. Era una cuestión de simple selección natural. Teniendo el control absoluto, los demás quedarían sometidos por ellos, recibiendo las sobras de lo que fuera cayendo desde las partes más altas de aquella pirámide de poder. El poder. Cada uno creía que lo tenía, cada quien pensaba que lo merecía, cada cual lo ansiaba para sí, pero, ¿quién lo poseía en realidad? Todos ellos eran iguales; nacidos y criados en el mismo pozo. No había uno solo que tuviera indicios de crecimiento de cachos. Eran agresivos, sí, pero mediocres. Cuando se dieron cuenta de que ninguno era un macho alfa, se desató la locura en el fangal. Sin líder, de pronto sintieron que la charca era demasiado pequeña para tantos. Reinaba la paranoia; no confiaban ni en sus propias escamas. Entonces, presas del odio y el pánico, comenzaron a aniquilarse entre sí. La furia flotaba pesada sobre la superficie de la cañada. Los asaltos venían de todas partes; desde la orilla y desde lo hondo, con sol y en la penumbra. Fue un tiempo de terror e incertidumbre, donde lo único que quedaba era atacar primero. Agredir sin piedad. Así, uno a uno acabaron muriendo, víctimas de potentes mordidas y latigazos de cola. Entre bufidos y resoplidos, el caño adquirió un tono escarlata intenso. Por suerte, aquel infierno rojo no duró mucho. El último de ellos pereció víctima de una herida profunda y desgarrada que le había hecho su propio hermano de nidada en el potente cuello. Agonizando, miró alrededor contando sus congéneres descuartizados por la codicia. Dejó de respirar sin entender lo que había pasado. La era oscura de la cañada había acabado. Por fin se impuso la calma.

Una tarde soleada, poco después de la matanza, un campesino que tomaba el atajo por el pantano, los encontró. El escenario hablaba por sí solo. Él sí comprendió lo que pasó. Feliz, llamó a sus compadres para que le ayudaran. No podían usar la carne porque se estaba descomponiendo, pero el campesino tuvo una idea mejor: con sus pieles fabricó zapatos para que la gente, ya sin miedo, los pisara desde adentro.

La fuente

Al fin la encontré. Era una fuente nueva, diferente de todas las otras que había visto hasta entonces. De la más preciosa porcelana, tenía una forma hermosa; delicada, suave, y sin embargo era espaciosa. Su boca generosa tenía un borde en extremo sensual. Cual arcoíris plácido y deslumbrante al mismo tiempo, su textura era una amalgama de nácar y talco fino. Era perfecta. Tantas cualidades me atrajeron sin remedio y, seducida por completo, deposité toda mi confianza en ella sin parpadear. La hice mía, la cuidaba con el más puro amor. Se convirtió en la fuente que guardaba mis sueños, mis deseos, mis sentimientos y mis metas. Así fui feliz, hasta que de pronto, y a pesar de mi esmero por evitar su deterioro por la fuerza de los elementos, tan gentil fuente se agrietó. La fractura fue contundente; miles de piezas de todos los tamaños se separaron, esparciéndose alrededor mis anhelos y mi confianza. Enamorada de mi preciosa fuente, en un intento por recuperarla y protegerla, recogí los fragmentos con el mayor de los cuidados, tomé el mejor pegamento y comencé a armarla de nuevo, cual rompecabezas elegante y desafiante que una vez listo, me daría la mayor de las recompensas. Poco a poco fui encontrando trozos grandes que, al juntarlos, ayudaban a reconocer los rasgos de la fuente. Las piezas medianas hacían lo posible por calzar entre las grandes, pero quedaban un tanto tirantes al intentar ajustarlas con las pequeñas, porque al romperse, unas partes quedaron reducidas a un sutil polvo que se esparció por todos lados, perdiéndose de vista. Una vez más, como siempre en mi vida, hice lo mejor que pude con lo que tenía a mano. Entonces, al terminar de arreglar mi preciada fuente, pude comprobar que, a pesar de que la forma y el color se parecían bastante a los de mi fuente original, ya no podría guardar más mis esperanzas en ella. Tenía demasiadas grietas imposibles de sellar. De mi fuente perfecta quedaba solo el recuerdo; sabía que esta versión reparada nunca sería igual. La había perdido.

Heroína sin héroe

Muchachito con la jeringuilla, recostado torpemente en los escalones de aquella iglesia preparándote la próxima dosis, la que necesitas ahora mismo y que resultó interrumpida cuando salí del edificio. Muchacho joven con la vida hecha añicos, con los sueños deshilachados igual que el trapo que traías en la mano. Veintipocos años, demasiado pocos para malgastarte el futuro de esa manera, muchachito que un día fuiste guapo, pero que ahora no eres ni tu propia sombra en el charco que está a tu lado.

Niño sin porvenir, no sabes que al placer máximo se le llega por otra vía. No, no lo sabes... y nunca lo sabrás. Sentiste vergüenza cuando tuve que pasar por encima de ti para salir de aquel pasillo; yo, llaves en mano rumbo a mi carro y tú con los sesos derretidos, la jeringuilla en la mano izquierda y el fondo virado de la lata de refresco en la derecha, recogiendo la última gota que te faltaba. La pena es grande y compartida, entre tú y quienes te rodean, aunque cada quien la viva a su manera. Pareciera que te gusta darle pena a los demás... pero eso no dura mucho. Al fin y al cabo, lo importante es lo que viene ahora que ya llegué al carro y estás solo de nuevo.

Tu mirada vidriosa y vacía, sin percibir lo que está a tu alrededor, me hace pensar que nunca aprendiste que tan solo tienes un número fijo de neuronas que puedes fundir, que aún no sabes que tus otros órganos jamás se recuperan por completo de cada culatazo que les das cuando te impulsas emocionado al querer volar. Muchachito, ya sabes cómo es despegar, y cómo te sientes cuando aterrizas. Sin embargo, lo intentas de nuevo y te vuelves a dar duro. No te importa nada más, solo la oportunidad de sentir por unos momentos un placer escurridizo y cada vez más devaluado. En esos instantes brevísimos alzas tímido el vuelo, solo para chocar contra un muro blindado del más puro cristal antibalas. Otra vez te desmoronas y caes, como un mamotreto barato y destrozado. Te convertiste en un garabato, agotado de sueños, de sentimientos, de dignidad... ya ni tu propia sombra te respeta.

Muchacho con la jeringuilla, te estás dando un tiro mortal en cámara lenta. Y esa bala va directo al blanco, sin escapatoria, a menos que te sacudas y la dejes pasar de largo. Pareciera que ya tomaste tu decisión y estás en tu derecho. Has de sentirte muy valiente, capaz de todo, pero tú y yo sabemos que a nadie le gusta sufrir. Lo irónico es que, habiendo tantas maneras de suicidarse, tú hayas escogido esta, la más cruel...

Baratijas

"¡Bueno, bonito, barato!", bronceada baronesa Berta brindaba bullanguera brillante botín: bisutería, brazaletes, bandejas, balones barnizados, banderines bordados, báculos, baldes, bacinillas, botellas, botones... baratijas benignas. Balbuceaba Berta breves bondades bíblicas, benditas. "¡Bordados bien bellos!", bramaba brusca. Boicot. Bebiendo brandy, babeando, beligerante bocona berreó bromeando bribonamente blondas beldades barrancales. Bofetada. Bravura. Bohemia blanda batallando brea, bajó briosa, braceando barrios brumosos buscando bahías bárbaras bifurcadas, bestiales bajamares batientes bloqueadas. Borrasca. Bochinche, bourbon, batahola, birra, barahúnda, bronca... Brotando borracha boca, bebida, bilis, buche; blandiendo busto, brazos; bregando bañador; baja Berta besuqueó babosos bucaneros bigotudos, bandidos bufones, bachilleres becarios bisoños, bedeles barbimorenos, bandoleros beodos, barqueros bardos, bravucones, bribones, blasfemándolos: "¡Bastardos!", bufó. Bochorno. Bobalicona bulliciosa, berrinchó breve. Bravata. Buscando botella, barboteando bobadas, bárbara bruja barbuda, boquiabierta, Berta bordeó bares, billares, balanceó bagaje bambolcante bandeando brava brisa, bohíos, bosta, barro, barandas, bejucos, brotes, banquillos, balsas blancas; brincando brezos, burlando bultos burdos. "¡Bueno, bonito, barato!", baladró bizca, barateando bicocas, bellezas benedictinas; botó bolsas, baúles bermejos, barriles, bienes basurosos bodegados. Brebaje botánico. Bostezo. Bastando breve brollo, bucólica Berta bisbiseaba bajito: "¡Bazar, bazar! ¡Bueno, bonito, barato!", brindando blinblines, broches, brocados burdos, bártulos baratos, boberías básicas, baratijas...

La nada

Caminaba con paso apurado, pendiente de no chocar con la multitud que iba en todas direcciones, cuando de pronto, despareció el suelo bajo sus pies. Cayó, cayó, cayó libremente, sin nada alrededor a lo cual pudiera asirse, hasta que el golpe le confirmó que había llegado. Sus pupilas tardaron un poco en dilatarse. Entonces, miró a su estrecho alrededor y en la oscuridad casi total, apenas logró distinguir paredes que se extendían hacia el cielo, cerrándose en un puntito celeste que se encendía y se apagaba en la lejanía.

Arriba, la gente seguía caminando con mil rumbos.

Revelación

Era su derecho, pero también su deber. Así se lo habían dicho, desde que tenía memoria. Creció sabiéndose parte de un sistema un tanto curioso, pero que parecía funcionar. Cada cierto tiempo, un carnaval frenético protagonizado por figuras circenses destruía su tranquilidad, invadiendo todos los aspectos de su vida y la de los demás, empujándolos de manera inexorable a protagonizar aquel rito que tanto conocían. Una y otra vez se repetía la misma historia; el espectáculo se desarrollaba con mayor o menor júbilo para terminar invariablemente igual. No había sorpresas, de antemano se sabía cómo sería el desenlace. Y sin embargo, la inercia le empujaba a participar una vez más. Como siempre, se levantó temprano. Se alistó, desayunó bien y salió a cumplir con su deber. Con su derecho. Llegando al lugar —que, como de costumbre, estaba en exceso custodiado— encontró a otros que habían llegado un tanto antes y tomó su lugar en la fila. Manteniendo silencio, escuchaba a los demás charlar un poco en voz baja por la intimidación que se respiraba en el ambiente. Eso tampoco cambiaba. Verificó sus datos, buscó su nombre en la lista, dejó su impresión dactilar y firmó, como le tocaba hacerlo cada vez. Le dieron una tarjeta grande y multicolor, junto con un marcador indeleble "para que se expresara con seguridad y confianza". Ejercería su derecho a través de su deber. Así, llegado el momento, pasó detrás de unos cartones verticales colocados sobre una mesita y como tantas otras veces, hizo la marca que ya conocía de memoria. Todo era igual que siempre, no había nada nuevo. Dobló la tarjeta por la mitad, luego de nuevo y una vez más, como lo había hecho tantas veces antes. Ahora le tocaba llevarla a su destino final, una caja cuadrada de cartón en el centro de la sala. Algunos miraban, otros no. Entonces lo vio todo claro. Después de tantos años, al fin comprendió. Su deber era serle fiel a su derecho. Respiró profundo, dio unos pasos y, sin titubear, introdujo el papel doblado en el contenedor preciso que por tanto tiempo lo había esperado: la papelera.

El payaso

El payaso lloraba desconsolado. No lloraba por el golpe que le acababa de propinar su compañero, sino por la noticia que recibió antes de la función. El payaso lloraba porque el dueño del circo lo había despedido, efectivo a partir del día siguiente. Ya no tendría trabajo, ya no haría reír a los niños. Había sido payaso toda su vida, desde los 14 años. No sabía hacer otra cosa sino el tonto y el ridículo para que los demás gozaran burlándose de él. Era su vida hacer reír a los otros y de pronto se vio sin nada. Mientras seguían en la última función, el payaso se dejaba empujar, golpear, mojar y bromear por sus compañeros mientras pensaba en algún trabajo que pudiera hacer a partir del siguiente día. En medio de las risas del público caviló y caviló hasta que dio con el empleo perfecto, donde usaría toda la experiencia acumulada a lo largo de su carrera. Esa noche durmió tranquilo, sabiendo que daría en el clavo. Entonces, por la mañana fue al Congreso, presentó sus credenciales y automáticamente lo emplearon como vocero del gobierno.

GAY

Galantes, Andrés y Guillermo andaban ya gustosos atravesando yagrumos gigantes. Antes yoístas, gritaron arrebatados "¡Yo, Guillermo, álzome y grito al yugo generalizado, atroz y grosero, al yunque grotesco, aplastante y garrafal: Amo y guardo admiración y gentilezas al yumbo garzo, Andrés!". Y grato Andrés, yaciendo gracioso ante yataganes grises, abrazó yaros grandes, aminorando yacturas genéticas, abriendo yemas galactitas armiñas. "¡Ya, Guillermo, amigo y general amado; yantemos ganosos, ávidos y golosos, ante yucatecos garbos!". Ahora, ya girado, Andrés yuxtapuso garabatosos amarillentos yuyos geométricos, ansiando yunciones grandes, alardeando yerros gnósticos, arbitrarios. Y ganaron, Andrés y Guillermo, almas y gloria amplia y genuina. Apartaron yardas granitas, ancianas, yermas, gratificándose alegres y generando amistades yanaconas, gestadas amplia y genialmente. Altivos y gallardos, ayudáronse yuntando grava, algas y gasas al yurumo gemelo, antepuesto y grande. Andrés ya galopó a Yaracuy, garroteando a yeguas gordas. ¡Ay, yaguar, Guillermo arrió yacarés! Gauchos andinos y greñudos, antes yernos gasajosos, ahora ya graban armas y guantes artilleros. Y guastadas atrás y guindadas, ambas yerbas, granadilla amarilla y girasol, añadieron y germinaron. Anochecía y Guillermo, Andrés, ya gozaban arrobados yeguando gozosos, aplaudiendo y gentilizando al yang; golpeando al yerbal, golondros ambiciosos, yoístas...

Barahúnda

Calladita te ves más bonita... Eso no se dice, Papá te pega... No puedes porque eres niña... Dios te va a castigar... Haz caso y no preguntes... Quien obedece no se equivoca... Los varones que tienen muchas novias son machos, las niñas no pueden tener muchos amigos porque son putas... Los varones que gritan tienen carácter, las niñas que gritan son histéricas... El hombre es el cerebro y la mujer el corazón... Cuando te cases, toma un curso de "cómo ser una buena esposa" para aprender a atenderlo como él se merece... Cumple siempre con tu deber de esposa... No molestes a tu esposo con tus tonterías cuando él llegue cansado del trabajo, más bien atiéndelo como debe ser; sírvele un trago, luego la cena y déjalo ver televisión en paz... Al fin y al cabo, el trabajo de la casa no es nada y es tu deber tener todo limpio y recogido, los niños listos y la comida hecha... Debes complacer siempre cualquier antojo que se le ocurra a tu esposo... Para el esposo, la mujer debe ser una santa frente a los demás y una puta en la cama... Debes vestirte como le guste a él, llevar el cabello como él quiera y si te lo pide, agrandarte los senos también... Debes mantenerte siempre bella y en forma solo para él, aunque él mismo se ponga viejo y gordo; recuerda que "el hombre es como el oso", pero tú no... No puedes tener amigos hombres, únicamente amigas mujeres... No puede existir amistad entre un hombre y una mujer... Tu esposo es la representación de Dios en el hogar, la cabeza de la familia y el jefe de la casa, es tu dueño y es quien decide lo que debe hacerse... Las hijas deben ayudar en los quehaceres del hogar porque son tareas de mujeres... A los varones siempre hay que servirles... Cuando el hombre habla, la mujer calla y obedece... Eva hizo que Adán probara la fruta prohibida... Por el pecado original, la mujer pare con dolor y su deseo la arrastra al marido... Las mujeres son sucias y pecadoras por naturaleza; son la perdición de los hombres... La mujer debe soportar cualquier vicio, humillación o infidelidad de su marido y debe perdonarlo siempre, porque los hombres tienen otro carácter y otras necesidades diferentes de las mujeres... La verdad es que las mujeres no tienen necesidades... A la mujer hay que tenerla como a la escopeta: cargada y detrás de la puerta... La buena esposa debe sacrificar su vida por su marido y debe seguirlo en cualquier circunstancia y momento... La mujer se debe por entero a su esposo y su familia, quedando ella misma en último lugar... La mujer es inferior al hombre... Al fin y al cabo, la mujer depende del marido para que la mantenga porque ella misma es incapaz de lograr nada... La mujer no tiene el carácter, la fuerza ni la resistencia para alcanzar el éxito en el trabajo... A la mujer hay que ponerla en su lugar para que respete, para que sepa quién manda... Lo que pasa es que él es muy impetuoso y tiene mal carácter... Nunca pongas en tela de juicio las enseñanzas, las tradiciones, la cultura y la religión; todas ellas están por encima de ti y siempre ha sido así... No se puede cambiar algo que ya lleva tantos años instituido... Lo que ha unido Dios en el cielo, que no lo separe ningún hombre en la tierra, aun en caso de maltrato, engaño, odio, falta de amor, de respeto... Te mereces el marido que tienes, Dios te lo mandó por algo... Cada quien debe llevar su cruz a cuestas, y la tuya es tu marido... Más vale malo conocido que bueno por conocer... Acostúmbrate, mira que todas pasamos por eso... Si te grita es porque es muy hombre... Si te cela es porque le importas... Si te pega es porque te quiere... Él te golpea, pero en el fondo te ama; el pobre no sabe expresar sus sentimientos... Cuando te insulte, no te lo tomes a pecho; sabes que no es eso lo que quiere decir... No importa lo que te haya hecho, él dice que te adora, que le des otra oportunidad, que no lo volverá a hacer... Debes salvar tu matrimonio a toda costa... No te quejes; puede que no seas feliz, pero al menos tienes marido... No podía pensar en nada. Demasiado ruido, demasiados años viviendo con toda esa interferencia de fondo que me producía un cortocircuito perenne en la mente, anestesiando mi alma. La mujer en el espejo me miraba sin entender y yo no era capaz de sostenerle la mirada; mucho menos de ordenar mis ideas para explicarle siquiera el comienzo. Despertando de aquel letargo respiro a respiro, mi vista comenzaba a perderse entre los surcos de su cutis buscando desesperada mi propia verdad, cuando de pronto suspiró, me sonrió con gran dulzura, dio la vuelta y se marchó. Y yo la seguí.

Anochecer

Una vez más sucede. Una vez más es inevitable, contundente. De nuevo cae la tarde bajo el aplastante peso de una noche que la empuja desde arriba, aniquilándola sin remedio. Cae la tarde. Una vez más, cae. Cae, cae como siempre. Minuto a minuto se van perdiendo los naranjas, amarillos, verdes y todos los azules y violetas en medio del desenfrenado cantar de miles de coquíes llamando a su pareja. Las nubes se convierten en sombras alquitranadas que parecen no lograr decidirse entre huir o dejarse asimilar por la oscuridad que se lo va tragando todo sin misericordia. Una vez más anhelo que te descuides, igual que esas mismas nubes, para atraparte como lo hace la noche cuando cubre todo con su manto opaco, cual red implacable. Sonríes. Una vez más alargo la mano para tocar tu cabello y dejarla bajar temblorosa, dibujando tu pecho. Todo ocurre de nuevo y, sin embargo, lo siento como si fuese la primera vez; la única vez. Respiro profundamente y, al abrir los ojos, compruebo de pronto que no hay nada más que pensar, nada más que ver, nada que sentir. Nada. Ningún color ni silueta, ninguna presencia... ni siquiera la mía. Porque mi espíritu volvió a irse tras de ti, dejando mi cuerpo vacío, desalojando mi alma. Sucedió de nuevo, en el momento previsto, como siempre. No puede ser de otra forma. Una vez más regresaste junto a tu familia, relegándome al último plano, justo donde pertenezco.

La sirena

La sirena divisó su playa a lo lejos. Seductora, rozaba el cuerpo entre las olas, posándose en la misma roca. Una vez más, cantaba enamorada. Entonaba notas mágicas que poco a poco se colaban entre mangles y palmeras, entre almendros y uveros, pasando traviesas por veredas y senderos, hasta la aldea de pescadores. En la oscuridad, la luna aún dormía como la gente del pueblo. La sirena cantaba y cantaba, segura de que pronto vendría a hacerle compañía. Su melodía dulce al fin tocó los oídos justos, que la esperaban cada mes con ansias y al mismo tiempo con tanta serenidad. Musitaba mirando la orilla, anhelando que apareciera. Entonces sucedió. Con la salida de la luna, una figura caminaba por la playa, comenzando a arrojar una leve sombra sobre la arena, mientras se acercaba al borde del mar. La sirena sintió el corazón latir más fuerte y en medio de su canto, la sonrisa se volvió más amplia. Había venido. Finalmente, la figura entró en las aguas, dirigiéndose hacia ella con la placidez de quien se reconoce en un espejo. La sirena se deslizó por la espuma ondulante, nadando hacia el divino encuentro. Llegó, e inmersa en el abrazo tan deseado, acarició su cabellera larga y plomiza, y la besó con infinita ternura en medio de la luz plateada que llenaba la bahía. De nuevo era noche de luna llena.

La granja

Ajada, ya tan cansada, Marta lavará la casa mañana. La maraña rasa la alza, calmada. Marta canta tantas nanas al alba, tantas nanas para Maya, para andarla a la cama. "Mamá", habla Maya, "¿amas a Maya?". Marta clama, agradada: "Mamá ama más a Maya. Más, más, más; Mamá ama más a Maya". Dama alta, Marta manda a Carla a salar las alas. Carla salta a la carpa, amarra las pavas calvas, mata las aras grasas, arranca las patas, saca las caballas aplastadas, atascadas a las cajas rasas, casca la caña, amasa las trazas para la gran bacanal. "¡Santa Bárbara sagrada!", ladra Adán, al andar la manada marcha larga atrasada. Vacas, cabras mansas, atrapadas, Adán las traspasa 'trac-trac' a la paja, al arpa, a las balas. Aplaza la trampa hallada para más atrás. Agazapada, a rastras, Sandra labra la granja. Abarca ananás, papas, batatas, naranjas, manzanas plantadas atrás, agarradas, abaratadas. Harta hasta la palma, Sandra marca la traca anaranjada. "¡Hasta mañana, ña Marta! ¿Agrandará las sábanas blancas?", clama Sandra, amargada. "Mañana, mañana, Sandra. Mañana hará la lavada ña Marta". Al hablar parada, Marta planta tardanzas a Sandra, Carla, Adán. Acabadas, a las barracas Carla, Sandra, trazan zanjas a las canas. Ya a casa, Adán da caza a Yara a la hamaca altar. Yara da calda a Adán. Apapachada, Yara ama más a Adán. A la casa-granja, agachada la cara, Marta alcanza a sacar la trama lanar hallada para dar la mama a Maya. Hasta la paz cansada, ya tan ajada, ña Marta lavará la casa mañana. "Mañana, Sandra. Mañana. Mañana ña Marta lavará la casa", Marta habla palabras claras a Maya, calmada.

Constitución, Democracia y Libertad

Caracas, 23 de enero de 1958.
"En la Maternidad Concepción Palacios nacieron hoy al mediodía las primeras trillizas del año, a quienes los orgullosos padres les dieron los nombres de Constitución, Democracia y Libertad".

Eran tres bebés preciosas; las más lindas y rozagantes que nacieron ese día... ese mes... ese año. Con facciones amables y sonrisas perennes, tenían los ojos grandes y expresivos, y se maravillaban ante todo lo que descubrían.

A lo largo de los años, junto a su hermosa familia, las tres hermanitas fueron creciendo bellas, fuertes y sanas. Asistieron a la escuela pública Domingo Faustino Sarmiento en Maripérez, donde además de lengua y matemáticas, aprendieron sobre los símbolos patrios, las costumbres y las tradiciones de su bello país.

Como a tantos venezolanos, a las trillizas les encantaba ver Radio Caracas Televisión con sus padres y sus dos hermanos. No se perdían las novelas ni mucho menos la Radio Rochela, con sus parodias de la cultura y la política; siempre las comentaban en casa y con los amiguitos.

En aquellos tiempos, la familia de las tres niñas vivía en una Caracas tranquila, a pesar de su crecimiento constante. Los fines de semana visitaban el Paseo Los Próceres, el Parque del Este, el teleférico, la playa; iban de excursión por los Altos Mirandinos al Embalse La Mariposa, o a los pueblos del Junquito o la Colonia Tovar en Aragua, o sencillamente se quedaban en la ciudad para disfrutar la vida cultural de la capital.

Constitución, Democracia y Libertad fueron al Liceo Andrés Bello, donde estudiaron álgebra y literatura, ciencias naturales, física y química; y sobre todo la historia de su patria y el bravo pueblo que la habita, y también aprendieron sobre el resto del mundo y los países que lo forman. Al terminar la secundaria, Constitución se graduó de Bachiller en Humanidades, mientras que Democracia y Libertad se recibieron como Bachilleres en Ciencias. Las tres hermanas continuaron sus estudios en la Universidad Central de Venezuela.

Constitución estudió leyes, Democracia estudió Arquitectura y Libertad estudió Biología, graduándose todas en 1981. Eran estudiantes brillantes, trabajadoras y bellas. Tanto en la universidad como en las fiestas, los muchachos siempre se sentían atraídos por las trillizas, como un enjambre de abejas en busca de miel. Y sin falta, cada vez que algún chico se presentaba y les preguntaba sus nombres, ellas respondían a coro: "¡Constitución, Democracia y Libertad, aunque no lo creas!", a la vez que le regalaban tres preciosas sonrisas. Nunca les faltaron pretendientes.

Así, llegó el momento en que comenzaron a tener novios formales. Constitución se enamoró de un compañero de clases, de tipo muy varonil y con un carácter bastante fuerte, que a ella le atraía mucho. Democracia salía con un ingeniero petrolero que ya trabajaba en PDVSA con un sueldo bastante bueno, y Libertad estaba con un estudiante de periodismo que además era poeta. Todas se casaron en el '83 y, sin dejar de trabajar en sus profesiones, tuvieron hijos.

Pasaba el tiempo, los niños de las trillizas crecían junto con el país, que en medio de sus altos y bajos políticos, económicos y sociales, les ofrecía todas las posibilidades del mundo, del primer mundo. La hija mayor de Democracia tocaba el violín en el Sistema Nacional de Orquestas Infantiles, el hijo de Libertad aprendió a tocar el cuatro y la mandolina en la Fundación

Bigott, mientras que el hijo menor de Constitución jugaba béisbol con los Criollitos de Venezuela.

Todo andaba de mil maravillas, o al menos así parecía. Las tres hermanas siempre fueron muy unidas, apoyándose entre ellas en toda situación. Sin embargo, la tragedia tocó a sus puertas un martes 4 de febrero de 1992, cuando Democracia fue secuestrada muy temprano en la mañana, camino a su trabajo. Al principio, los raptores exigieron una suma impagable y luego no se volvieron a comunicar más con los familiares, que quedaron devastados, sin noticia alguna. Ahora, los hijos se crían solos con su padre, que al menos cuenta con la ayuda del resto de la familia.

Más o menos para el mismo tiempo, el esposo de Constitución comenzó a maltratarla verbal y físicamente cuando estaban solos. Ella no entendía su comportamiento y buscaba excusarlo de cualquier manera, hasta que, con gran dolor, se fue percatando de que el matrimonio perfecto que le mostraban a los demás era solo una pantalla que ella seguía manteniendo por su eterno miedo al qué dirán. Con los años, las faltas de respeto, los golpes y las violaciones que sufría se tornaron rutinarios, hasta que un buen día, Constitución no pudo volver a levantarse del suelo por las enormes hemorragias internas. La policía no intervino, y el marido está como si no hubiese pasado nada.

En cuanto a Libertad, encontró el fin una tarde de mayo el año pasado, cuando le robaron el carro y sus pertenencias a punta de pistola en el estacionamiento de un centro comercial. Según lo que cuentan algunas personas que presenciaron el asalto, ella salió del carro y les dio las llaves y el bolso entero a los maleantes, rogándoles que no la mataran, que tenía un hijo, que la dejaran ir. Pero ellos, con los ojos rojos y riéndose a carcajadas, la balearon siete veces.

Los padres y los hermanos de las trillizas aún no terminan de entender qué fue lo que pasó con aquellas mujeres valientes, honestas, inteligentes, luchadoras y hermosas; venezolanas en toda la extensión de la palabra. Lo único que sienten ahora es un inmenso vacío dentro del pecho...

Impunidad

Todo el día correteaba a los niños más pequeños por el patio de la escuela. Les arrebataba los juguetes y los destrozaba. Presos del pánico, los arriaba hacia una esquina. Allí los insultaba, les escupía, los empujaba, los pateaba y los amenazaba con golpearlos hasta reventarse los nudillos. De lunes a viernes ejercitaba sus dotes sádicas, inclemente, alimentándose del miedo que sembraba en aquellos chicos. Y cuando una vez su mejor amigo le preguntó por qué lo hacía, tan solo contestó sonriendo: "¡Porque puedo!".

MAR

Melvin, artista real; me atas risueña mientras alabas raras mantas acuáticas, rojas, monocromáticas, arregladas raudas. Me anticipas regresar mil años rumbo mares atascados, rabiosos. Moriría ardiendo rancia melaza azul, rota, mutilada, arrojada, refluida. Mimetízate, Ángel; regresa muy altivo, renacido, moviéndote al ritmo marino, acuático, rodante. Mi amigo robado, Melvin, alias Romeo, mi Ángel rey: mis arrogantes relevos metafóricos andan redoblantes, mercenarios, acelerando, revirtiendo mareas ante rompeolas masivos. ¡Adelante, rujan maledicencias a resentimientos muy ácidos, rencores mediocres, anticuados, retrógrados; meras aguas rastreras motivadas al reflejo moribundo, abismal, rancio! Mis angustias resabidas marcarán apoyo resistente, muy avanzado, robusto. Millas acuáticas recorreré mareada ante resacas mayores al regresar, marimorena aguerrida, riña metafórica antagónica rendida. Melvin, Ángel: rayen mares altos, regios; mas ámense recíprocamente mil años repetidos. Mi añoranza recae meditada, abalanzada, renacida, mientras adelanto regocijada, Melvin, alias Romeo, mi Ángel rey: mis amigos románticos.

El espantapájaros

Atardecía. Otro día se acababa en el campo. La calma reinaba al ponerse el sol suavemente en el horizonte tenue de principios de primavera. Todos regresaban a sus casas, a sus establos, a sus madrigueras. Todos se disponían a descansar junto a los suyos. Todos, menos el espantapájaros.

Siempre había sido así; a nadie se le hubiera ocurrido que fuese de otro modo. Pero esa tarde, algo se notaba distinto en el ambiente. Después de tanto tiempo, el espantapájaros se dio cuenta de su existencia por primera vez. Un no sé qué lo sacó de su letargo de estatua utilitaria y al fin sintió.

Antes fue un artefacto más de la granja; inmóvil, con los brazos extendidos lado a lado, los ojos apuntando siempre en la misma dirección y los pies enterrados en el suelo del campo. Le parecía normal ser tan solo una parte de las instalaciones agrícolas.

En ese momento comenzó a verse como un ser independiente de su entorno. De pronto, aquella tierra fértil que hasta entonces lo sostenía, ahora lo aprisionaba. El viento que solía arrullarlo hasta dejarlo dormido ahora lo helaba por dentro. Y la noche, que otrora le brindaba paz para descansar del trabajo diario, ahora lo hacía percatarse de su inmensa soledad.

Así pasó el tiempo, aumentando cada día la tristeza del espantapájaros. No comprendía por qué estaba solo, si era tan bueno en su labor y siempre cumplía a cabalidad con su deber. ¿Por qué nadie querría ser su amigo?

Entonces, una noche de verano, al ver el rostro pétreo de la luna saliendo enorme por el este, el espantapájaros juntó todas sus fuerzas y logró zafarse de su grillete de arcilla y humus, un pie a la vez. Para evitar que lo reconocieran, se quitó las ropas. Caminó por los sembradíos buscando a alguien, a cualquiera, pero fue inútil. El campo estaba desierto. Siguió avanzando hasta llegar al borde del bosque. Con los brazos caídos igual que el ánimo, se sintió más solo que nunca y deseó con todas las fuerzas pertenecer a una familia; no importaba a cuál. Anhelaba ser un miembro vivo e importante de un grupo; necesitaba otro propósito en su vida.

Cansado, arrastró los pies por el bosque oscuro buscando refugio y abrigo. En un claro, vio los enormes abetos que tocaban las estrellas con sus ramas y se emocionó profundamente. Mientras más los detallaba, más se maravillaba. Una sensación de paz lo invadió y se dio permiso para disfrutarla. Respiró sereno. De repente, para su asombro y sin querer evitarlo, los brazos comenzaron a levantarse otra vez, llenándose de una nueva energía. Los pies cansados se proyectaron hacia abajo, perforando el suelo del bosque, y aquel cuerpo de heno se fue fortaleciendo en una gruesa corteza parda adornada de musgo verde y blanco. La felicidad lo embargó cuando de los brazos, pecho y cabeza brotaron ramas poderosas llenas de hojas.

Amanecía. Las aves del bosque revoloteaban entre el follaje, posándose alegres sobre el nuevo gran abeto. Buscaban alimento y lugar para construir sus nidos. Había un rumor extático en el ambiente. Y en su interior, él sonreía.

Atardecer

Poco a poco fue reduciendo la carrera hasta detenerse. Se dio la vuelta y miró hacia el sol, que caía derramando rojos y violetas entre las montañas. De pronto, la tarde se llenó del canto de miles de aves, el murmullo del agua que se escurría entre las piedras servía de fondo al zumbido de los insectos y al clamor de los coquíes en lo que sintió como una gran ovación. Celia miraba los rayos del astro que huía, mientras tarareaba aquella canción de la infancia a su hija en brazos para arrullarla. Al fin lo había entendido. Al fin se había decidido. Al fin logró remendar sus deshilachadas fuerzas. Al fin se atrevió a cruzar la puerta. Corriendo por su vida, al fin encontró la libertad. En ese lejano paraje del campo por primera vez respiró la paz. Entonces, sus ojos húmedos se llenaron de alegría.

Miseria

El sudor sulfúrico te delataría si no vivieras en aquel codo ciego de la cloaca principal de la ciudad. Aunque insistas en bañarte en una mezcla de colonias puedo percibir las partículas hediondas que exudan los pliegues inmundos de tu piel pegajosa. Te acercas en silencio, absorbiendo todo el aire limpio que encuentras a tu paso y exhalando vapores tóxicos. No tengo escapatoria; esta vez me atrapaste en el momento más vulnerable. En medio del horror, no puedo sino sentir una infinita lástima por ti. Demasiados complejos, demasiada inseguridad, demasiada pobreza de espíritu. Demasiados miedos cristalizaron, convirtiéndote en este monstruo abominable, rebosante de la más pura envidia, del más genuino rencor. Un ser que destila odio de una manera casi sublime. Transformaste el abuso y el maltrato en un arte oscuro con el que violentas a tus víctimas de mil maneras distintas. Tanto amor, tanto tiempo invertí, intentando hacerte un ser humano... un ser humano. Sin embargo, todo fue inútil; el veneno que corre por tus venas no tiene antídoto.

Te inclinas sobre mí, imponiendo tu silueta mórbida en medio de las almas oscuras que te rodean. Tu rostro busca el mío, creando un vacío gélido por el cual intento escapar, y que traspasas chupando el calor y la luz agonizante que aún emite mi alma aterrada. La distancia se acorta cada vez más. En la penumbra, percibo el aliento a hiel que despide tu boca descompuesta. Es el fin; sé lo que me espera. Vas a ejecutarme con un beso envenenado, quemando mi garganta con tu saliva corrosiva. Entonces, mi vida se desintegrará jirón a jirón, volviéndose una masa amorfa, inerte, amontonada en la misma cañería junto con tus miserias. Así, te nutrirás de mí hasta que caiga tu próxima víctima... o hasta que las ratas al fin se den cuenta de que no eres mejor que ellas.

Hacienda Real

Otoño de 1825. El trabajo en la gran plantación se desarrollaba como de costumbre. La cosecha de algodón prometía ser de las mejores de los últimos años. Era esa hacienda una de las pocas productoras de lana en todo el Sur; un lugar único, especializado en generar fibras textiles vegetales y animales. Amos y esclavos cumplían las funciones que les había designado el destino; ni una más, ni una menos. La gran Hacienda Real producía algodón y lana de la más fina calidad, que luego se enviaba a Nueva York, donde los grandes sastres los usaban para crear los trajes más elegantes del país.

Entre todos los esclavos de la Hacienda Real, él era el pastor. Heredó el oficio de su padre, que había muerto a causa de una pulmonía diez años atrás, siendo él aún niño. Apenas cumplidos los veinte, el pastor todavía no tenía familia; esperaba con paciencia a que la hija del herrero le hiciera caso algún día.

Hombre sereno, tranquilo y honesto, que gozaba de la total confianza del amo y el capataz, el pastor amaba aquellas ovejas como si fuesen sus hijas. Las llevaba a los pastos color esmeralda para que llenaran sus panzas, las movía hacia los riachuelos más cristalinos para que nunca pasaran sed, las cuidaba de cualquier puma que pudiese acercárseles de noche o de día, las dejaba libres para que estuviesen contentas y siempre las guiaba por el sendero más amplio. Igual que los demás esclavos, el pastor no tenía ningún asueto ni sueldo alguno. Simplemente trabajaba para ganarse el derecho a vivir. Trabajaba de día y de noche, todos y cada uno de los días de su vida, manteniendo la misma rutina a lo largo de los años. El pastor nunca se quejó; quería tanto a su rebaño, que nada más le importaba sino el bienestar del que, de alguna manera, consideraba su ganado. Hacía cualquier cosa por esas ovejas; ellas siempre ocupaban el primer lugar en su vida. Solo ellas tenían la prioridad total frente a los demás, incluso frente a la hija del herrero, más aún frente a él mismo. Tanto así las quería. El pastor estaba muy orgulloso de su rebaño. Al contario de él, que asemejaba una escultura famélica de ébano pulido, las ovejas engordaban y crecían, produciendo la mejor lana de la comarca. El pastor no poseía ningún bien material, mas era propietario de la ética y la moral más infalibles. En extremo responsable, sentía y sabía que su trabajo era excelente, que las ovejas estaban bien mantenidas, que rendían la fibra más óptima. Era tan evidente el buen trato que les daba, que todos en la hacienda lo comentaban.

Un día, el capataz llamó al pastor. El amo de la Hacienda Real había dado una orden.

—Tienes que llevar al rebaño al trasquilador del hato vecino lo más pronto posible. El amo está apurado por vender la lana.

—Sí, Señor. Me tomará diez días llegar allá, Señor.

—¡No puedes tardar tanto tiempo! ¡Tienes que hacerlo en cinco! ¡Tenemos que vender la lana!

—Pero Señor, estas tierras son muy grandes y es época de lluvias. Las ovejas no pueden caminar tan rápido. Para llegar bien allá tienen que poder descansar, Señor.

—¡No importa! ¡Tenemos que vender la lana! ¡Tú tienes que llegar al hato en cinco días, ni uno más! ¡Solo avanza con las ovejas y no pares! ¡Ellas tendrán que acelerar si tú vas más rápido!

—Señor, hay algunas ovejas que son más rápidas que las demás. Con esas no habría problema, pero hay otras que ya están viejas y otras más que son demasiado pequeñas; se quedarán atrás, Señor.

—¡No me importa! ¡Tú tienes que llegar al hato en cinco días! ¡Tenemos que vender la lana! ¡Solo avanza con las ovejas y no pares! ¡Mira a ver cómo haces, pero eso sí: si llegas tarde al hato vecino o te falta una sola oveja, el amo te castigará con cincuenta latigazos!

—Pero Señor, es imposible hacer eso que me pide. No puedo exigirles más a las ovejas de lo que ellas pueden dar, Señor. Las estaría maltratando.

—¡Tenemos que vender la lana! ¡Solo avanza con las ovejas y no pares, te dije! ¡Tienes que llegar al hato en cinco días, ni uno más! ¡Y si llegas al hato vecino y te falta una sola oveja, tendrás cincuenta latigazos! ¡Así que mira a ver cómo haces!

—Está bien, Señor. Haré lo que pueda, Señor. Intentaré llevarlas lo más rápido posible, pero no puedo prometerle nada, Señor.

—¡No! ¡Tú no entiendes! ¡Tenemos que vender la lana! ¡Tienes que llegar al hato en cinco días! ¡Y si llegas tarde o te falta una sola oveja, se te cobrará con cincuenta latigazos!

—Muy bien, Señor. Así será.

Cabizbajo, el pastor caminó hacia la choza comunal donde dormía cuando pasaba por la casa grande. Por primera vez en su vida, el pastor pensó en sí mismo. Con infinito pesar por separarse de su adorado ganado, por perder a la hija del herrero y por el futuro incierto que se abría frente a él esa noche, cuando todos dormían salió de la hacienda y desapareció.

No hubo más remedio: el mismo capataz tuvo que llevar a las ovejas al hato vecino. Llegó en dos semanas, agotado igual que el rebaño y sin percatarse de que faltaban siete ovejas que se fueron quedando rezagadas y atrapadas en el fango. Como estaba previsto por el amo, lo premiaron por su esfuerzo con cincuenta latigazos.

Una semana después, el amo de la Hacienda Real vendió la lana a buen precio en el mercado.

La fiesta

Marisela se vestía para la fiesta. Estaba emocionada, hacía tiempo que soñaba con ir a una fiesta grande como esa. Tenía mucha ilusión porque sabía que vería de nuevo a toda su familia, a todos sus amigos. Marisela se vestía con sus mejores galas, con colores brillantes y encendidos. Marisela se vestía para la fiesta. Después de una opaca eternidad, el espejo volvió a ser su amigo, ayudándola a maquillarse y peinarse con esmero para reflejar así toda la alegría, toda la felicidad que llevaba dentro. Mientras musitaba su canción preferida se perfumaba y sonreía, dejando salir aquella luz que se había vuelto a encender en su alma. Marisela se vestía para la fiesta mientras soñaba con su nueva vida, con su futuro un tanto incierto, pero suyo. Suyo solo. Al fin comenzó la fiesta. Marisela brilló como nunca antes; rio, jugó, habló y bailó hasta el amanecer. Aquella mañana, el sol salió tarde.

MÁS

Más asombrosa santidad: mujeres, amantes sempiternas. Mil años seguidos, Mireya ama siempre, melosa, a Sara. Muchas angustias surgieron, muchas almas sufrieron; mas altiva, Sara motivó a su mejor amiga: solo Mireya. Antes, su más amado secreto; mas ahora, su muy abierto sentimiento maravilloso. Allá sucumbieron míticas al sendero mágico adherido, sensual, milagroso. Abierta, sincera, muy audaz, Sara miraba alegre su muy agradecida sonrisa mientras, alada, se movía altibaja sobre muchos andenes salobres. Más atractivas señoras, mujeres acariciándose suaves. Muchos atrasados se molestaban al suponer mejor alcance sexual. Mireya araba sábanas malvas, ahogada sin más aliento. Sensuales, mimaban a sus mercedes ambos senos mutuamente, arrullándose serenas. Mitigada, abrasada, seducida, Mireya alcanzaba sin mucho afán su meritorio algoritmo sensitivo. Mirando al santuario, más amante solemne, más amiga sincera, menos alebrestada, Sara meditaba aquellos sucesos. Mas angustias siempre maniatan a soñadoras. Malas aguas se movían al sentido mortal: a Sara molestaban aguijoneos súbitos, musculares, a siniestra media aorta. Solo Mireya abría soslayada mil apegos sencillos, más amor sagrado, menos áreas soeces. Mucho afán sin mayores anhelos: Sara moría apenas supo musicalizar almas sacras. Mireya aguardó sin más añoranzas solitarias. Mientras abogaba solícita, malas ánimas se mostraban a sus modestas alocuciones solidarias. Mucha antipatía sembraba más ácido sulfúrico, mondando árboles secos. "Mi amada, siempre mi apoyo", susurraba melancólica, ante su muerte agónica, Sara. Mireya agredió sesuda, mentalmente, a sus macabros antagonistas sádicos; monos alzados, sedientos monstruos animosos, sediciosos. Mas así son: mujeres amantes sempiternas. Más amor serio: mil años siguientes, Mireya ayuda segura, muy amable, suave, minuciosa, a Sara, muerta al sufrir mirando al susodicho mundo atrasado, sucio...

Temporal

Despierto de golpe, con el corazón en la boca y bañada en sudor. ¿Qué me pasa? Bebo un gran sorbo de agua. Mi piel empapada se seca despacio bajo una fina escarcha salada, dejando en el lecho el mapa de mi cuerpo. Tengo frío; lo único que me cubre es un lienzo de hilo. No suelo necesitar más; las noches aquí son cálidas y el contacto directo del yo vulnerable con las sábanas me consiente en una sensualidad liberadora. Pero hoy es diferente; el aire se siente pesado y gélido.

La luna blanca y redonda entrando por la ventana tampoco me ayuda a encontrar la paz. Los coquíes, que normalmente me acunan en un delicioso sueño con su canto amoroso, hoy parecen más exaltados que nunca. Las sombras de las palmeras agitadas en la pared de mi habitación y el barrido de las ramas sobre los muros de la casa me dicen que se avecina una borrasca. En un acto premonitorio, el perro ladra y entra por el acceso de la cocina.

Entonces, sucede. El cielo cae con todo su peso sobre el mundo que encuentra a su paso, subyugándolo, envolviéndolo en un manto líquido, grueso y limpio. Las enormes gotas chocan contundentes contra árboles, techos, paredes, suelo. Contra el espíritu atrapado en la armadura aquella. Contra el alma que teme marchitarse. El viento sopla cada vez con más fuerza, como queriendo arrasar la rutina acumulada en mil años de una existencia corriente. Agua, viento. Más agua. Más viento. Las ventanas se comban, estremeciéndose ante la presión de las ráfagas que se vuelven casi continuas e impredecibles en la penumbra. Los vidrios parecen de goma, tan elásticos resultaron ser. El golpeteo creciente de la lluvia se mezcla con el atropello de las plantas, zarandeadas en todas direcciones por rachas enloquecidas que parecieran buscar una salida en medio de lo abierto. El agua se escurre brillante por techos, muros y ventanas. Por árboles, palmeras y trinitarias. Por los objetos que forman parte de mi vida y la de mi familia, que se quedaron a la intemperie, indefensos, aquella noche que no debía llover. Por las pendientes del jardín y el patio. Por mi mente, que no quiere darme un respiro. Como tantas otras cosas en la vida, lo que comenzó como un concierto grandioso, se transformó en un ruido asonante; una manifestación iracunda de la hostilidad de Huracán, el Dios del Mal en el Caribe, en su insistente afán de arrasar con lo que no le pertenece.

Así, con tanta furia contenida en su naturaleza, va destrozando sin clemencia cuanto descubre a su paso. Árboles, postes de luz, cosechas, casas, industrias. Todo cae. Al desmoronarse el mundo, los restos quedan esparcidos en un gran charco universal, reducidos a su mínima expresión. El pánico se apodera de quienes no estaban preparados para tal suceso, pero en medio del desastre, reciben el apoyo de desconocidos que les tienden la mano.

Al fin, después de un tiempo que parece interminable, el estruendo se debilita. El viento cede. El agua cesa. Una vez más, el infierno resultó ser momentáneo. Poco a poco sobreviene la calma, con la esperanza que trae la nueva mañana. La experiencia me dice que el arcoíris está a punto de aparecer. Volveremos a edificar nuestras vidas, lo sé. Mientras tanto, nos ayudaremos como hermanos, recogiendo los escombros para allanar el camino al futuro.

Imprevisto

Eran las 5:30 de la mañana. Eduardo regresaba más temprano de lo regular. Se sintió mal en el trabajo y había llamado al relevo de las ocho para que adelantara el turno. En silencio se preparó un té de manzanilla en lugar del café que bebía cada día al llegar. No pasó a la habitación para no despertar a Amalia, que dormía cansada por la rutina de la semana. Taza en mano, se recostó en el sofá, sorbiendo poco a poco, divagando sobre los planes futuros con su amada. Entonces, justo antes de las seis, con el cantar del gallo, se abrió la puerta de la casa, dejando entrar a Amalia.

IRA

Irma Roberta Aranguren iba rauda al invernadero rompiendo angustiada implementos rústicos antiguos. Impertinente, raía animales inertes, retorcidos, apestosos. Irma renunció a interesantes rutas abiertas, insistiendo repetitiva a instancias robadas, armadas, intuitivas. Riendo alebrestada, invocaba reliquias ardientes intentando resquebrajar algo importante, real, amado. Ira, rabia, amargura; impaciente roía alterada, indignada, resentida. Ahora incluso rodaba altanera infinitos rudimentos azarosa, incrustándolos anteroposteriormente, rotunda, impaciente. Renegada, afligida, Irma reñía a Irma, reprendiéndose arrebatada, insolente. Rumiando alterada, incansable, renegaba áspera, impaciente, riñas anteriores inevitables, rabiosas, acaloradas. Intencionada, rencorosa, arrancaba impávida retazos amarillentos, índigos, rojizos. Ahora, inversos, repercutían ardientes indicios reveladores, abiertos; impostores reales atroces, imbéciles. Riñéndole, ahora intuyó represalia automática; Irma Roberta amenazó instantánea, rozándola astuta, intensa, rabiada, atolondrada. Irrefrenable, repudiada, asqueada, Irma remedola altanera, invocando remilgos artificiales, idóneos rugidos actuados, increíbles, robotizados, acentuados. Irma Roberta Aranguren iba retorciendo a Irma; relegando apasionada, intranquila, rabietas, arranques, idioteces. Restregando afanosa, Irma roía ahogada, interna, rosas arrugadas, iluminadas, robadas, aserradas. Inminente, rotunda, asertiva, Irma repudiaba a Irma, refrenando asqueada intrusiones románticas antiguas, impetuosas, resueltas, absueltas. Irma Roberta Aranguren iba reptando al invernadero, rajando altisonante individuos robustos, antigüedades inútiles, recicladas, atrasadas. Iba regurgitando a Irma, recelosa, autoritaria, implacable. Rayando alturas, Irma robaba ansiosa, impúdica, retrasada, a Irma, regañona ambivalente, irresoluta, rechiflada, atolondrada. Iba rumiando agresiva inviernos repletos, aberrados. ¡Irma, recrudece a Irma, remátala apremiante, Irma Roberta Aranguren!

Intercambio

Una jovencita venezolana se fue a Europa por unos meses en un intercambio estudiantil. Los jóvenes viajeros que visitan otro país durante un tiempo algo más prolongado del que se suele dedicar a un simple viaje turístico se convierten en embajadores de sus culturas y tradiciones en otras tierras que los reciben y, a su vez, amplían sus horizontes conociendo nuevos puntos de vista, valores y maneras de vivir. Todo esto contribuye al aumento de la tolerancia entre los pueblos: resulta más fácil comprender lo que se conoce, lo que se ha vivido. La experiencia propia en el aprendizaje vale más que todas las teorías del mundo.

Una jovencita venezolana se fue a Europa por unos meses en un intercambio estudiantil, emocionada porque iba a conocer gente diferente, lugares distintos, costumbres particulares que no guardan relación con las que ella practica. Estaba contenta de tener la oportunidad de enseñarles a los europeos algo de su cultura y su idiosincrasia. Sabía que aquel intercambio solo podía ser positivo para ambas partes.

Una jovencita venezolana se fue a Europa por unos meses en un intercambio estudiantil con el alma llena de flores. Llegó allá entusiasmada, maravillándose por todo lo que descubría distinto de cualquier experiencia que ella trajera consigo y, al mismo tiempo, comentando las diferencias, grandes y pequeñas, con la patria que ella amaba tanto y de la que se sentía tan orgullosa.

Una jovencita venezolana se fue a Europa por unos meses en un intercambio estudiantil a vivir con una familia europea promedio. No pasaron muchos días y la muchacha se empezó a percatar de que las diferencias no eran solo culturales; la manera de vivir la vida allá era otra. Aunque le encantaba todo lo que veía, extrañaba a su familia y los llamaba por teléfono, contándoles asombrada de aquel mundo paralelo que tenía la suerte de explorar.

Una jovencita venezolana se fue a Europa por unos meses en un intercambio estudiantil y comenzó a vivir la vida normal de una familia europea promedio. Poco a poco se fue acostumbrando a la realidad cotidiana de aquella familia en una ciudad europea y se dio cuenta de que, en el fondo, todo lo que a ella le maravillaba tanto, era tan solo la manera más natural de vivir la vida, no solo en Europa, sino en cualquier lugar del mundo. No hacía falta racionar la electricidad ni el agua porque las industrias, la infraestructura y los equipos correspondientes estaban a cargo de personas responsables que se ocupaban de su debido mantenimiento, además de que la gente había sido educada desde siempre para amar la naturaleza y no despilfarrar los recursos naturales.

Una jovencita venezolana se fue a Europa por unos meses en un intercambio estudiantil y fue cayendo en cuenta de que la calidad de vida normal de aquella familia promedio en esa ciudad europea estaba muy por encima de lo que ella había vivido siempre en su querida patria. De pronto se sintió segura caminando por las calles a cualquier hora del día, sin la paranoia de que le fueran a arrancar la cadenita, los zarcillos o el reloj. Le comenzó a parecer obvio que podía regresar de noche sola a casa sin temer ser asaltada o violada. Ya no se asombraba de que los servicios públicos funcionaran bien; esa era la manera en que debía ser y no otra. Cuando visitó a su profesora que acababa de tener a su bebé en el hospital público, pensó que se trataba de una clínica privada, pero no le costó entender que en otros países se le da prioridad a la salud.

Una jovencita venezolana se fue a Europa por unos meses en un intercambio estudiantil con una familia promedio a tomar clases en una escuela pública a la que asistían todos los muchachos del vecindario, dotada de excelentes recursos y donde recibían la mejor educación en un ambiente positivo y agradable. Todos los días iba y regresaba de la escuela en bicicleta por calles limpias y sin huecos, sin temer ser atropellada por algún conductor que no respetara una luz roja o que manejara en contra del tránsito. Al cabo de muy poco tiempo esto también le pareció natural.

Una jovencita venezolana se fue a Europa por unos meses en un intercambio estudiantil y le gustó mucho vivir la vida normal de una familia europea promedio. Se dio cuenta de que nadie le preguntaba sobre su postura política y que a nadie le interesaba cuánto dinero ganaban sus padres ni dónde vivían. Más bien querían saber qué tenía pensado hacer en el futuro, cuáles eran sus metas y sus ideales. Se percató de que la gente allá tenía tiempo para ocuparse del ambiente, la política, la ciencia y el arte, todo de manera seria, pero sin llegar a insultarse ni agredirse. Pagaban sus impuestos, trabajaban para su comunidad y hacían labores sociales por los menos afortunados. Y nadie se debía vestir de un color u otro para ello.

Una jovencita venezolana se fue a Europa por unos meses en un intercambio estudiantil y aprendió muy rápido a vivir la vida normal de una familia europea promedio. Tenía acceso a todos los medios de comunicación y libertad para ver, escuchar o leer lo que quisiera. En la televisión nunca se encontró con programas interminables donde alguien hablara durante horas solo por el placer de escucharse a sí mismo, interrumpiendo de manera sistemática la programación de todos los canales de señal abierta. De inmediato sintió el trato respetuoso con que los políticos se dirigían a la gente y se relacionaban entre ellos, conscientes de que son ellos quienes sirven al pueblo y no al revés.

Una jovencita venezolana se fue a Europa por unos meses en un intercambio estudiantil y disfrutó naturalmente aquella vida normal de una familia europea promedio, ayudando en casa en las labores del hogar. Cuando debía ir al supermercado, llevaba bolsos de tela para evitar usar bolsas plásticas que contaminaran el ambiente. Encontraba los anaqueles llenos de mercancía de toda clase. Nunca faltaba nada, mucho menos los alimentos básicos. Por supuesto, eso le pareció lógico, como debe ser. También fue normal que nadie le preguntara su nombre, dirección y número de cédula de identidad a la hora de pagar por lo que compraba. Luego aprendió a reciclar para conservar el mundo en que vivimos todos, no solo ella y su familia, y esto también era algo por entero natural.

Una jovencita venezolana se fue a Europa por unos meses en un intercambio estudiantil y se dio cuenta de que casi todos los padres de sus compañeros de clase tenían empleo y que muchos de sus amigos y amigas trabajaban durante el verano para ganarse un dinerito extra. La ciudad tenía una economía sana que contaba con producción propia e inversiones en industrias y servicios, haciéndola sustentable e independiente.

Una jovencita venezolana se fue a Europa por unos meses en un intercambio estudiantil y aprovechó al máximo vivir la vida natural de una familia europea promedio. Un día llamó a sus padres y les preguntó qué hacían ellos en un país donde la vida diaria no era normal: "Por qué cuesta tanto trabajo intentar vivir bien y de manera decente allá?", dijo. "No es normal pasarse la vida atormentados, con miedo, insultados, en una constante penuria, teniendo que luchar a brazo partido por hacer respetar nuestros derechos y por exigir cualquier cosa que debería estar a disposición a través de los impuestos que se pagan. No, eso no es normal".

Una jovencita venezolana se fue a Europa por unos meses en un intercambio estudiantil y durante ese tiempo logró vivir, por primera vez, la vida normal de una familia promedio en cualquier lugar del resto del mundo civilizado. Abrió los ojos y el alma a lo que de verdad era una vida normal, y a pesar de que en el fondo no quería regresar, tuvo que hacerlo. Aprendió una gran lección que recordaría el resto de su vida. Por su parte, el intercambio estudiantil fue todo un éxito.

Una jovencita venezolana se fue a Europa por unos meses en un intercambio estudiantil. ¿Y qué pasó con el estudiante europeo que iría a Venezuela a cambio de ella? Pues nunca fue, porque aquel país suspendió esa parte del programa debido al problema de la inseguridad...

Unos años después, con el alma pendiendo de una hebra fina, la jovencita venezolana emigró a Europa buscando un mejor futuro.

Apóstrofe

¡Qué día! Al levantarme, tuve que convencer a mi sombra para que se saliera de las sábanas. Las piernas, junto con los pies, intentaron resistirse a realizar cualquier movimiento hasta que la vejiga ejerció su inminente poder de persuasión y los obligó a dirigirse al baño. Una vez allí, el reflejo en el espejo me miró burlón y me preguntó que quién me creía yo para arreglarme tanto, que igual no tenía remedio. Ya en la cocina, mi estómago me regañaba por no alimentarme con algo saludable. En el carro, el inquilino de mi pecho criticaba cada una de las maniobras que hacía casi en modo de piloto automático: que no acelerara tanto, que tuviera cuidado al burlar los semáforos y que no les tocara la bocina a quienes insistían en bloquearme el camino a paso de tortuga. Luego, en el trabajo, la voz en mi cabeza se reía a carcajadas cada vez que tomaba una decisión y me espetaba que cualquiera podía hacer el mismo trabajo que yo, solo que mil veces mejor. A regañadientes, el espinazo me sostenía derecha en la silla, mientras el estómago comenzaba a recordarme que debía tirarle algo, el corazón latía aburrido y la voz en mi cabeza no paraba de transmitir sandeces. Sin más, entré en el baño, donde mi sombra cansada se multiplicó por las luces en diferentes posiciones y los espejos en ángulo potenciaban mi reflejo hasta el infinito. Así, los presenté unos a otros y se pusieron a criticarme a sus anchas hasta que pronto comenzaron a pelearse. Así, los dejé encerrados a todos y me fui a tomar un café.

ULI

Uniforme, la increíble Úrsula leía ilimitadas unidades lenta, íntegra. Ultimando las inusuales uniones, limpiaba impecables universos lectivos, ilegales. Ursus la imitaba unánime, lamiendo impaciente un lápiz inútil, usado. Las inmaculadas uvas los invitaban urgentes, lastimosas, impolutas. Ursus levantose ingrávido, ultraligero, lúdico. Inventó Úrsula la inteligente utopía: la impetuosa unicornia lila, idílica, ufana; la iluminada unitaria, lánguida, indoblegable, unisexual. Luego, intempestiva, usando lanzas incisivas, Úrsula lograba irritarlo. Unidos lavaban imperfecciones usurpadas, lapidificadas, icónicas. Ursus, lento, intentaba ultimar los íntimos usuarios lustrosos, impertinentes, ungidos. Laringes inimitables, urracas; los impúdicos universitarios ladraban improperios: "¡Úrsula la india, Ursus le implora!". Ursus los invalidaba untándole las inigualables uñas. La indoblegable Úrsula latía intensa, universal. Le impulsaba una lasciva invitación ultimada, legítima, ilícita. Usándolo, lo impregnó útil, larga, infinita. Ursus la idolatraba.

Blancanieves

Viviendo encerrada en una casa en medio de la nada, sin compañía alguna durante todo el día y sin permiso para recibir visitas ni hablar con nadie, atendiendo el hogar y a siete hombres que pasaban la mayor parte del tiempo en el trabajo —limpiando, recogiendo, haciendo camas, lavando la ropa y cocinando para ellos— y además de todo eso, teniendo que mostrarse siempre dulce y de buen humor, Blancanieves sufría de depresiones tan fuertes que la hicieron querer dormir para nunca más despertar. Lo de la manzana es otro cuento.

Mientras camino

Cuando se anda mucho, se ve mucho. Por eso camino. Camino sin parar; no puedo dejar de caminar. Cada paso dado obliga a dar el próximo, y otro, y otro más. Camino mirando alrededor, pero en realidad camino para verme por dentro. Al caminar me concentro; no quiero distracciones. Es ese rato del día que le dedico a mi persona; una interrupción necesaria a la vida de responsabilidades para con los demás: hijos, familia, jefe.

A las seis de la tarde, como debe ser, con mi uniforme de ejercicio y los zapatos de deporte que no uso para nada más, me acompaña Tina Turner como siempre, desde el concierto que marca mi ruta al gimnasio. Raudo, el sol se desploma entre los árboles, cayendo detrás de las colinas del fondo, envuelto en la percusión y la contundente voz de la diva, que afirma que *what you get is what you see*. Un rato después se encienden las luces de la piscina. Es la hora en que los insectos se vuelven más activos, por lo que mucha gente tiende a quedarse en casa, mientras yo aprovecho para utilizar el gimnasio a mis anchas. La verdad es que no me interesan los vecinos; los conozco de vista, pero nada más. No me gusta que me averigüen la vida, por eso prefiero que ni me hablen. A nadie le incumbe qué hago o qué dejo de hacer, y es recíproco, como debe ser. Las ventanas del gimnasio siempre están cerradas para no dejar escapar el aire acondicionado, así que no me preocupan los mosquitos ni las otras alimañas. Lo que sí me molesta es la luz, que se refleja en los cristales sin dejarme ver hacia afuera. Así que cuando no hay nadie, no la enciendo y cual mantra atlético, me concentro en la ruta fija y empinada de la máquina caminadora. Entonces voy eternamente hacia la piscina, queriendo lanzarme en un clavado perfecto desde el segundo piso de la casa club en penumbra.

Avanzo sin desplazarme a la vez que detallo cada elemento del paisaje perenne, donde solo cambia la luz que lo baña. Las sombrillas están cerradas, unas sillas quedaron fuera de lugar, formando un semicírculo a la derecha de la piscina, debajo de la fila de palmeras. A lo lejos pasa un gato con algo que le cuelga del hocico. No logro distinguir lo que lleva entre los dientes; supongo que la presa ya no respira. Sigo caminando.

Una milla más tarde, aparece un hombre frente a mis pasos que no reconozco como vecino. Deja sus sandalias y la toalla sobre una de las mesas con la sombrilla cerrada y se acerca a la piscina. Prueba el agua con el pie y Tina canta *Typical Male* mientras el hombre se quita la camisa y se recuesta en una silla de extensión. En mi caminadora, desde detrás del vidrio y por entre la verja del balcón del gimnasio, observo al hombre de unos 45 años sin que se dé cuenta. Su ancho cuello descansa sobre el par de hombros fuertes, que encuadran un pecho musculoso donde se exhibe un campo semipoblado de vellos semejante al mapa de Norteamérica. Se endereza, recoge las piernas, se toca las pantorrillas con firmeza, se mira los brazos y se vuelve a echar hacia atrás. Cierra los ojos. De mis audífonos brota *The Best*. La noche está despejada y los insectos se retiraron hacia los arbustos.

A pesar de que camino hacia el frente, no logro alcanzar la piscina. De pronto llega una mujer envuelta en un pareo azul claro. Es la vecina del edificio F, dos calles más allá del mío. Al ritmo de *Private Dancer* se acerca al hombre, quien casi sin moverse le permite besarlo en los labios y acariciarle el rostro. Ella se desembaraza del paño, extiende la mano y lo invita a seguirla. Él se deja llevar y juntos bajan despacio los escalones dentro de la piscina. Sensual, en medio de *It's Only Love*, lo abraza en el agua y él comienza a acariciarla. Con cada minuto que ando, pasan besos, *Break Every Rule*, abrazos, *Tonight*, caricias y *Land of 1000 Dancers*. Me percato de que hoy el camino me está mostrando algo que nunca antes había presenciado.

Mi caminadora no baja la velocidad, pero la pareja reduce la marcha hasta quedar abrazados. El cortejo amoroso los llevó hasta una de las lámparas submarinas. *Proud Mary* suena mientras el hombre le dice algo con expresión grave. Ella, sorprendida, se levanta, vira la cara y da un paso atrás en el agua, que le llega por la cintura. Él le sujeta la mano y no parece querer soltarla, pero ella se la sacude con el brazo mientras retrocede aún más. Erguido en el agua, el hombre se le va detrás y con la palma abierta, le propina un golpe en la cabeza. Habrá quien piense que tal vez hizo algo para merecerse eso. Yo no. Mamá me decía que la mejor manera de resolver cualquier diferencia es hablando. A mí me cuesta expresarme, pero sé que Mamá tenía la razón. Incluso cuando Papá la golpeaba, ella le rogaba que hablaran, pero creo que él no la entendía. En todo caso, la vida me enseñó a no meterme en asuntos de pareja. Cada pareja es un mundo y cada mundo tiene su equilibrio, como debe ser. La mujer cae y se levanta lo más rápido que puede, intentando acercarse a la baranda en los escalones, pero él logra atrapar su brazo desde atrás. Tina los viene acompañando con *Tearing Us Apart* y la pareja empieza a forcejear, enturbiando el agua alrededor. Sigo mi camino con la vista fija en aquella escena, que parece sacada de una película, cuando el *potpourrit* cambia a *What's Love Got to Do With It* y el hombre la sujeta por el cuello. Tina sabe de lo que canta; Ike abusaba de ella. Eso no debe ser. Con ambas manos, el hombre intenta llevar a la mujer hacia la zona profunda, doblándole el torso para sumergirla en el agua. Ella se defiende y con la rodilla lo patea en la entrepierna. Una vez. Dos. Tres veces. Las fuertes manos ceden lo suficiente para que la mujer logre zafarse y empiece a subir los escalones. Agotada, se apoya en la baranda a la vez que trata de salir del agua y Tina la secunda con *Help*. A Mamá le gustaba mucho esa canción. Recuerdo que la musitaba cuando la policía se la llevó, la última vez que Papá le dio una golpiza. Mamá me explicó que lo que le hicieron a ella fue injusto, que así no debe ser. Por eso leo las crónicas policiales, para ver si también a otros les hacen esas injusticias. El hombre sigue a la mujer, estira el brazo y logra atrapar un mechón del largo cabello oscuro, llevándola a perder el equilibrio. Ella cae hacia atrás y lo golpea en la cabeza. Logra pararse y de nuevo, comienza a salir del agua. Medio aturdido, el hombre se levanta y se le va encima. Ella, ya en el último escalón casi se sabe libre, cuando él trata de agarrarla por el pie. Su mano resbala por la piel mojada y el hombre pierde el equilibrio, cayendo de lado y golpeándose la sien en el borde de la piscina. Sin mirar atrás, ella corre hacia la salida. Ya no la veo. El hombre no se mueve, pero yo sigo caminando y Tina me recuerda que *Paradise Is Here*. El concierto acaba, la máquina reduce la pendiente y la velocidad y yo bajo las escaleras, me dirijo a la piscina, recojo el pareo y las sandalias de la vecina, como debe ser. Y caminando, regreso a casa.

Evolución

Aquel golpe perverso que sacudió mi espíritu, enturbió mi vista y me bloqueó la respiración. Mi garganta ya no encerraba un excesivo calor; ahora era presa de un enorme nudo que no me dejaba articular palabra. Esa noche descubrí que el odio podía ser frío. Que la decepción era muda. Que la incertidumbre era blanca. Que el sadismo podía irse de fiesta con la miseria. En medio del profundo estremecimiento del corazón, esa noche mi alma se percató de que el tiempo era infinito. Saberme traicionada me abrió los ojos a la inmensidad llena de estrellas, de nuevas posibilidades. Dentro del golpe sentí un embrión rompiendo la piel de su semilla y supe que mi destino era renacer.

SAL

Solo Alana lo sabía. Alegre, la saludó abrazándola largo. Sonia aprovechó la secuencia anunciada lánguida, sollozante, amargada. La sal aparecía lenta, seca, al lado sombreado antes luminoso. Seguido, Alana limpió sus austeras lágrimas somera, amorosa, lúdica. Sonia, agradecida, le suplicó ardiente la sanara, acariciándole leve su antebrazo lampiño. "Sí", Alana le sujetó amable las sienes al lamer su aromático llanto supino. Aquella lengua suave, ajena, liberó súbita a la Sonia amarrada, llevándola sobre alturas limítrofes; soñadas, ansiadas. Le saboreó artística líquidos salobres alrededor; lentejas selenitas abriéndose lugar sobre abdomen, los senos agitados, la suprema axila lubricada serpenteando ante la satisfacción al límite. Sonia arrojaba la sal arrebatándose libre, sumamente acalorada. Las sabias amigas llovían salsas abundantes. Luceros sudorosos, adorados, les sembraron algodones lozanos, sensuales. Abandonáronse laberínticas sobre amplios lienzos sublimes, asimétricos. Lejos se acercaba la sociedad, alarmando lívida sobre abominaciones libertinas, sórdidas, auténticas, libidinosas; simulando acertada la selección arrastrada legítima, sin atreverse, lacrimosa, so arder levíticas sin alguna lenidad. Soberbia, anquilosada, la sólida amargura las sucedía adrede, lesionando sus almas. Lastimosa, santurrona, aparentando lustre, sancionábales abiertas la secuestrada aprobación, llenando sentencias aberradas, libelos. Semidormida, angelical, leonina, Sonia auguró los sueños almibarados líricos. "Somos amantes leales", susurró Alana leve, sin acelerar lenguaje. Sonia asintió, llevando sus aterciopelados labios solemnes al lago salado. A llanuras sugestivas. Al latido suspirado. A la saliva anhelada loca, siempre. A la senda alborotada, labrada sutil. A la sombra acallada, legal, sencilla. Al litoral sumergido. A la seguridad apasionada, lunar, secreta. A llamaradas salitres. Al lejano sentirse amada limpiamente.

La experta

Cada mañana abre los ojos, y con ellos, se abren las puertas a un día especial. Se levanta temprano, con el ánimo siempre puesto en el objetivo. Se trata de una gran empresa. Sin lugar a dudas, la más importante de todas. Mientras se asea, piensa en los desafíos que enfrentará de manera inevitable durante la jornada laboral. La invaden una serie de sentimientos encontrados porque, a pesar de ser una optimista infalible, sabe que el ambiente en que se mueve no es fácil; nunca lo ha sido y nunca lo será. Escoge la ropa perfecta para darse su puesto, infundir respeto y lograr sus metas. La vida le ha dado un profundo conocimiento de la naturaleza humana, que ella combina con una gran dosis de psicología para llevar a cabo su estrategia. Bebe un café y desayuna, revisando en la mente los pasos que seguirá. Su trabajo está lleno de proyectos provocativos que requieren de mucha experiencia y sabiduría para llevarlos a cabo. Toma su maletín y su bolso, y sale de su casa a dominar el día con lo que venga. Saber negociar a todos los niveles se ha convertido en su mejor instrumento de conquista. Al fin llega. El portero la saluda con una gran sonrisa y la misma expresión de asombro diario ante su caminar vigoroso. Por su carácter resuelto, ha desarrollado una fuente de energía inagotable que la hace sentir casi invencible. Ella le corresponde siempre amable, pero sin detenerse. Sabe que la esperan. A medida que avanza por los pasillos, va regalándoles sonrisas encantadoras a todos los compañeros de trabajo, repitiendo para sí el plan que tiene y comprobando de nuevo que la creatividad es una cualidad imprescindible en su carrera. Se acerca a su puerta. Sabe que llegó el momento de encarar el reto y triunfar. Toma el pomo. Cierra los ojos. Respira profundo.

Abre dando un paso al frente y enseguida escucha el coro del saludo matutino: "¡Buenos días, maestra!".

El regalo

La vio por primera vez cuando era niña. Tendría unos seis años el día que la descubrió en el cuarto de su madre, colocada en el lugar más especial de la repisa de sus tesoros. Era una cajita cilíndrica, un tanto chata, que asemejaba una pequeña sombrerera. Al igual que la tapa, la caja estaba hecha de una sola pieza de madera tornasolada finamente pulida, toda labrada en arabescos que, al recibir serenos el abrazo de la luz, reflejaban tonos cálidos y amables. Las dos partes calzaban a la perfección, quedando cerrada con un lazo de cuero. Su madre la llamaba con cariño "el regalo".

Desde ese instante, quedó fascinada con el regalo. Aunque siempre había estado allí, ella se percató de su existencia esa mañana sabatina de mayo.

—Mamá, ¿qué es esta cajita?

—En esta cajita está el regalo —respondió la madre con una sonrisa.

—¿Un regalo? ¿Y qué es?

—Me lo dio la abuela hace años. Es linda, ¿verdad?

—Sí; me gusta mucho. Mamá, estos dibujos parecen hojas, ¿por qué esta cajita parece un árbol?

—Es una cajita muy vieja, de nuestros antepasados. A ellos les gustaba adornarlo todo con flores, hojas y frutas. Para ellos los árboles eran muy importantes.

—A mí también me gustan mucho los árboles, Mamá.

—Lo sé, mi amor, lo sé.

Una y otra vez, a lo largo de los años, al preguntarle a la madre por el regalo, ella le contaba sobre el material, el significado del diseño y la manera en que había llegado a sus manos.

Llegó el día en que terminó la escuela. Había decidido estudiar en la universidad, lejos de su pueblo, en el ombligo del mundo. Mientras preparaba su equipaje, caminaba por la casa fijándose muy bien en todo; formas, colores, sonidos, aromas, adornos... Quería absorber de nuevo, consciente, con fuerza, todo aquello que la hacía ser la persona que era. Necesitaba llenarse de tantos recuerdos, de las experiencias, los sentimientos y las emociones que la hacían ser única. Así, paseaba de cuarto en cuarto reviviendo escenas, diálogos, momentos irrepetibles. Al llegar a la habitación de sus padres, encontró a su madre sentada al borde de la cama, esperándola.

—Te estás despidiendo, ¿cierto? —quería comprobar la madre.

—Sí. Es toda una vida...

—Acércate hija, tengo algo para ti.

—¿Para mí? ¿Qué es?

—Es hora de darte el regalo.

—¿El regalo? ¿Por qué?

—Mi madre me dio el regalo cuando tenía tu edad y me preparaba para ser independiente, así como tú lo estás haciendo ahora —dijo la madre con suavidad mientras extendía la mano, ofreciéndole aquella cajita de madera noble.

—No sé qué decir... es tu regalo... la abuela te lo dio a ti... No puedo aceptarlo.

—Debes aceptarlo, hija; ha sido la tradición por muchas generaciones. El regalo ha llegado hasta aquí desde nuestros antepasados. Hoy lo recibes tú, y deberás entregárselo a tu hija el día que ella se vuelva independiente. Ábrelo.

Ella tomó la cajita entre sus manos con especial reverencia. Mientras deshacía el lazo de cuero, la madre continuó hablando:

—El mayor regalo que se nos ha dado es la vida, y con ella, el libre albedrío. Siempre, la decisión está en nuestras manos y siempre tenemos el privilegio de actuar de la manera que queramos. Tenemos el poder de decidir qué hacer, cuándo y cómo, en dónde y con quién, y eso solo porque somos libres para ello. Del mismo modo, podemos negarnos a hacer lo que no deseemos. Solo nosotras tenemos la última palabra y solo nosotras somos responsables de nuestros actos. Nosotras corremos con las consecuencias de aquello que hagamos o dejemos de hacer. Hacemos cosas para que se nos acepte o para impedir el rechazo; a veces incluso por miedo, pero las hacemos siempre porque queremos, porque perseguimos algún fin. La decisión es nuestra y eso nadie lo puede cambiar.

Al abrir la cajita, ella sintió la fragancia de la madera de eucalipto. Instintivamente, cerró los ojos y aspiró profundo.

—Mientras puedas respirar, sabrás que estás viva —dijo la madre—. Y mientras estés viva, serás libre para decidir por ti misma. No lo olvides nunca.

Entonces, ella abrazó a su madre y comprendió.

La Dulce Ley

—Esta tarde tendrá visita, don Manuel.

—¿Visita? ¿Y quién viene?

—Una señorita muy amable.

—¿A qué viene? ¿Qué quiere?

—Viene a charlar con usted.

—¿Ya llegó?

—No, don Manuel.

—¿Viene tarde?

—No. Aún no son las tres; ya verá que llega a tiempo.

—¿Y si se olvida?

—No lo hará, don Manuel. Puede estar tranquilo.

—¿Cómo se llama ella?

—Isabel. Por cierto, ya veo el auto acercarse, don Manuel.

—Muy bien. Ábrele la puerta, por favor. ¿Cómo me veo?

—Perfecto, como siempre.

—Buenas tardes, Olegario. ¿Cómo va todo por aquí?

—Muy bien, señorita Isabel. Pase, don Manuel la espera.

—Buenas tardes, don Manuel. Le traje bizcocho y tarta de manzana. Si gusta, puedo preparar café para acompañar el dulce.

—Le agradezco, señorita.

—Prefiero que me llame Isabel. Mi padre me puso ese nombre; me gusta más.

—A mí también me gusta mucho ese nombre. Era el de mi madre. Usted se llama como ella.

—¿Le parece que ponga la mesa del jardín? La tarde está fresca y las trinitarias están hermosas...

—Me parece bien, Isabel. ¿Sabe? Tiene usted una bella sonrisa.

—Dicen que la heredé de mi madre, Elena.

—Pues entonces su madre tuvo que haber sido una hermosa mujer.

—Así es, don Manuel. Olegario, ¿me trae un mantel, por favor? Ah, y la vajilla de café y postres, si es posible.

—Claro que sí, señorita Isabel.

—¿Cómo le gusta el café, don Manuel?

—No muy fuerte y con un poco de leche, por favor.

—¿Le pone azúcar?

—No gracias; la leche ya lo endulza lo suficiente. Gracias, señorita. ¿A usted también le gusta el café?

—Muchísimo. Siempre tomaba café con mi padre. Cada tarde a las tres, con bizcocho o galletitas; lo que hubiera en casa. Entonces hablábamos mucho, de cualquier cosa.

—Mmm... ese aroma... me trae recuerdos de mi niñez. El café siempre estaba presente en nuestras vidas, desde que uno nacía. Cada mañana, todos despertábamos en casa por el olor a café colado. Mi madre se levantaba temprano y preparaba una gran jarra con café caliente, que humeaba y nos atraía uno a uno hacia la cocina, recién levantados. Mis hermanos y yo nos acercábamos todavía en nuestros pijamas para tomar el primer café del día, negro, poco fuerte y con algo de azúcar. Después regresábamos a nuestros cuartos a vestirnos, usar el baño y prepararnos para desayunar. Yo era el segundo y compartía el cuarto con mi hermano Pablo, que me seguía en edad. Mis hermanas Marisela y Cristina estaban en el otro cuarto. Aún puedo ver a mi madre poniéndole gotitas de café a Pablo y después a Cristina en los labios, cuando eran bebés, y cómo ellos las buscaban con la lengua, haciendo caras de sorpresa y luego de gusto...

—Qué bonito. Me encanta que me cuente esas cosas, don Manuel. Pero pruébelo, a ver si le gusta. ¿Le sirvo tarta de manzana?

—Mmm... El café está perfecto: caliente y con un toque de leche, justo como a mí me gusta. Sí, dame tarta y bizcocho, por favor, Elena.

—Con gusto. ¿Así está bien?

—No, ponme un poco más. No tienes que cuidarme tanto siempre, ¿ah?

—De acuerdo.

—Estás radiante hoy, Elena. Pareces una rosa entre tantas trinitarias, y los ojos te brillan tanto...

—Gracias...

—Qué día tan bonito. Qué suerte poder tomarnos este café tranquilos, después de una semana de trabajo, ¿no crees?

—Definitivamente; nos hacía falta este descanso. Pero bébete el café. Y si quieres, te sirvo más.

—La tarta de manzana es tu mejor postre, querida. Además es mi preferido, junto con el bizcocho de vainilla. ¿Puedo repetir?

—Todo lo que quieras. ¿Más café?

—¡Qué pregunta! ¡Claro que sí!

—Me encanta cuando sonríes así.

—Y cómo no voy a sonreír, Isabel, si son las tres de la tarde de un día radiante y estoy con mi hija predilecta. ¿Qué más puedo pedir? ¿Te he dicho antes cuál es la máxima de la existencia del ser humano?

—Sí, Papá. Pero dímelo otra vez.

—"Las comidas del día son opcionales, pero el café con postre a las tres de la tarde es algo obligatorio". Yo lo llamo...

—La "Dulce Ley".

—Así mismo es. Y no te rías; que desde que naciste —y yo mucho antes de eso— tú y yo cumplimos cabalmente con la "Dulce Ley" cada día de nuestras vidas. Pero aún no lo entiendes bien, porque apenas eres una niña.

—Espero entenderlo mejor cuando sea mayor. ¿Un poco más de café, Papá?

—¡Por supuesto! Gracias. ¿Dónde están tus hermanos? Muy ocupados, seguro. ¿Me das más dulce, por favor?

—Claro. Sí, Papá; Carlos y Jorge están estudiando mucho, como siempre.

—El café te quedó delicioso, hija. Ya de adulta, lo haces como lo hacía tu madre. ¡Cómo la extraño!

—Yo también la extraño, Papá.

—Todas las tardes hacíamos una pausa en nuestras labores para cumplir con la "Dulce Ley"... Isabel, ¿sabes qué es la "Dulce Ley"?

—"Las comidas del día son opcionales, pero el café con postre a las tres de la tarde es algo obligatorio". Eres un filósofo, Papá. Una de las cosas más grandes que he aprendido de ti es que hay que tomarse unos minutos diarios para descansar y dejar salir el alma junto al aroma del café. ¿Sabes que para mí, este rato que tú y yo compartimos es lo más importante de cada día?

—¡Qué bueno, Isabel! Y sabes que siento lo mismo, ¿no? ¿Cómo están todos por tu casa? Inés y Pedro deben estar enormes; a ver cuándo me los traes, ¿sí?

—Claro que sí, Papá. Bueno, me tengo que ir. Debo atender a mi familia. Te amo, Papá.

—Lo sé, hija. Y yo te amo a ti. Pero no tienes que apretarme tan fuerte; mira que me vas a dejar sin aire. Vuelve pronto, ¿sí?

—Así será, Papá. Olegario, ¿puede recoger la mesa, por favor?

—Con mucho gusto, señora Isabel. ¿Cómo les fue hoy?

—Muy bien, Olegario; como siempre. Gracias.

—¿Viene mañana?

—Claro que sí, Olegario; la "Dulce Ley" nos reunirá de nuevo. Como siempre.

Paz

Buscando la paz, encontré los árboles de mi ciudad desbordados de delicadas y perfectas flores en primavera, estallando todos en mil colores al mismo tiempo. Entre la locura del tráfico pude oír a las aves cantar y vi a una pareja de guacamayas haciendo piruetas en el cielo azul. Sentí el calor del sol caribeño sobre mi piel y luego me envolvió la noche fresca, adornada de un manto de estrellas. Otro día se presentó ante mí un magnífico arcoíris en medio del gris que se deshacía encima de mi persona. Sonreí de dicha ante el simple hecho de poder caminar descalza por la playa y disfrutar de un paseo por el bosque. Respiré profundo al recordar que tengo una hermosa familia, que contamos con un techo, que no pasamos frío ni nos falta el pan, y que tenemos el enorme privilegio de recibir una buena educación en un país libre y democrático. Me percaté de lo bello que es tener metas e ilusiones y poder soñar bonito con mi propia realidad, de lo liberadora que resulta una risa espontánea, sincera, y de cuánto puede iluminar una mirada limpia. Al estar feliz consigo mismo, no hay nada de qué preocuparse, no existen las posesiones, se lleva el corazón y el alma desnudos, no es necesario pedir perdón, no hay que decir nada, la expresión es plena, los ojos se cierran plácidos... Así, en medio de mi propia vida, entendí que encontramos la paz cuando nos damos cuenta de que no necesitamos de nada ni de nadie más.